Guy Gilbert est né à Roch... ouvrière de quinze enfan... de treize ans et c'est com... vice militaire, en pleine ga...... a Algérie. Il est ordonné prêtre en 1965 et nommé vicaire à Blida en Algérie. Pour être proche de la population, il apprend l'arabe comme plus tard à Paris il parlera l'argot des loubards. Un enfant de douze ans qui s'était réfugié chez lui, incapable de parler pendant un an, — ses parents le faisaient manger dans l'assiette du chien, après le chien, — oriente une seconde fois sa vie. Les gosses de la rue ont besoin de quelqu'un, c'est à eux qu'il ira. De retour à Paris, il s'installe dans le 19e arrondissement et aide les adolescents livrés à eux-mêmes, les jeunes drogués et les récidivistes. Il témoigne de son expérience d'un autre monde dans plusieurs livres : Un prêtre chez les loubards *en 1978,* La rue est mon église *et* Des jeunes y entrent, des fauves en sortent *en 1983 sur les jeunes en prison. Délégué au conseil presbytéral auprès d'évêques pour représenter les prêtres veillant sur les marginaux, Guy Gilbert s'occupe maintenant, en équipe, de l'insertion des mineurs incarcérés multirécidivistes dont plus personne ne veut.*

Dans certains quartiers de grande ville des adolescents errent par bandes, semant la peur alors qu'ils ont eux-mêmes peur. Ils portent tatouées sur le bras les lettres E.D.M., enfant du malheur. Telle est la paroisse qu'a choisie le père Gilbert, à Paris, dans le 19e arrondissement. La rue est son église, il y traîne jusqu'au matin pour rencontrer et aimer ceux qui ne l'ont jamais été. Les parents alcooliques, les parents destitués ou qui les abandonnent, font des enfants écorchés à jamais. Leur violence et leurs cris de haine ne sont que l'expression d'un manque d'amour qu'ils ressentent profondément.

Guy Gilbert raconte son expérience quotidienne dans la rue et le métro. Il montre que dans tout « salaud », il y a quelque chose de merveilleux, ces garçons s'entraident et se dévouent pour plus malheureux qu'eux. Il montre les professions où ils peuvent s'en sortir mais aussi les prisons où ils désespèrent de la société et d'eux-mêmes.

(Suite au verso.)

Guy Gilbert n'hésite pas à mettre en cause certaines pratiques policières et judiciaires, mais il dénonce surtout et vigoureusement une société fondée sur l'argent et qui n'apprécie pas de la même façon toutes les manières de s'en procurer. La violence des jeunes de la rue est un écho et une contestation de la violence cachée de nos rapports sociaux.

La langue de Guy Gilbert est crue, c'est celle de ceux avec lesquels il vit. Sa violence est à la mesure de sa foi immense sans laquelle il ne pourrait supporter ce qu'il voit. Ce prêtre vit l'Evangile comme les apôtres le vivaient il y a deux mille ans.

GUY GILBERT

Un prêtre
chez les loubards

EN COLLABORATION
AVEC MICHEL CLÉVENOT

TÉMOIGNER/STOCK 2

A Gérard, Alain, Line, Philippe, Djaouid, Black; à tous ceux et celles du « 46 »; à tous ceux et celles qui font dans l'anonymat et souvent l'incompréhension le même genre de travail.

I

TU ES L'UN DE NOUS

Paris. XIXe arrondissement :

Réunion avec une vingtaine de gars. Depuis quelque temps, l'un d'entre eux, un chef de bande, me marque une hostilité certaine. Soudain, il se met à m'insulter violemment, de façon délibérément grossière et offensante. Tout de suite, je sens que les autres attendent ma réponse. Je n'ai pas envie de frapper, mais je sais que je dois le faire : c'est le seul langage possible. Nous nous empoignons. L'animateur de la réunion nous met dehors : « Allez vous battre ailleurs ! »

Nous sommes au onzième étage d'un immeuble. Attendre l'ascenseur. Descendre. Sur le palier, deux gars pleurent : « Ne descends pas, il est fou ! » dit l'un. « Vas-y ! Tu dois te battre, puisqu'il t'a cherché... », dit l'autre.

On se retrouve sur la pelouse. Pas entraîné à la bagarre des rues, je lutte de toutes mes forces. Le gars est déchaîné : morsures profondes, coups de tête, prises en traître... Je tiens bon. On nous sépare. Je rentre chez moi, meurtri, le visage en sang.

Le lendemain, un des durs de la bande m'aborde : « Maintenant, tu es l'un de nous. »

Je sais bien que je ne le serai jamais vraiment.

Mais ce que je comprends mieux, c'est la solidarité avec un milieu : ce que j'ai fait était indispensable pour pouvoir continuer à travailler avec les jeunes de la rue. Si j'avais esquivé l'insulte et refusé de répondre aux coups, les gars ne m'auraient jamais accepté au milieu d'eux.

Leur loi est fondée sur des rapports de force : je me situais comme éducateur, pas comme chef de bande; mais le mec m'avait ressenti comme un rival, il voulait me remettre en place : « Me bave pas sur les rouleaux! Respecte mon cubage d'air! » comme ils disent... Il fallait donc que je me fasse ma place au soleil, mais rien que ma place. Maintenant, ils me reconnaissent pour ce que je suis, à part entière. Depuis ce jour-là, personne ne m'a plus insulté.

Je n'étais pas préparé du tout à affronter ce monde de violence.

En 1965, j'étais vicaire à Blida, une petite ville à quarante-cinq kilomètres d'Alger. Il y avait peu de chrétiens, l'église était devenue mosquée, je n'étais guère pris par le culte, alors je me suis occupé des jeunes. Naturellement, ceux qui se retrouvaient le plus volontiers avec moi, c'étaient les enfants des riches, les fils du fric et de la culture. Et je commençais à me demander ce que je faisais là...

Un soir, je rentrais sur ma moto, il était environ une heure du matin. J'ai vu un môme assis sur le trottoir. Je le connaissais un peu : Alain, douze ans, parents désunis, belle-mère acariâtre; je savais qu'il avait de gros problèmes à la maison. Je lui demande ce qu'il faisait là, il me dit qu'il ne veut plus rentrer chez lui, parce qu'on le fait manger dans l'assiette du chien, après le chien... Je l'ai emmené chez moi pour la nuit. Il est resté sept ans.

C'est là que tout a commencé.

D'abord, j'ai appris la patience. Pendant un an, Alain n'a pas dit un mot. En dehors de « j'ai faim, j'ai soif, je veux aller au cinéma », pas un mot. Alors, quand les copains algériens me demandaient gentiment : « Ton élevage, comment ça va ? », je me disais que mon élevage était drôlement mal barré...

Et puis, un soir, alors qu'il sortait d'une grave maladie, tout d'un coup Alain s'est mis à parler. Je crois qu'il avait bu quelques bières, ça l'avait un peu excité. Il m'a dit : « Tu sais, quand j'avais la fièvre, j'ai vu, dans mon délire, quelqu'un qui s'avançait vers moi et qui me tendait la main. L'image était floue, je ne savais pas qui c'était. Maintenant je sais : c'était toi, toi qui es arrivé dans ma vie pour me sortir de la merde. Seulement, maintenant, si tu me lâches la main, pour moi plus rien n'existera au monde. »

Je ne sais pas si vous vous rendez compte : un an ! Un môme de douze ans, il avait fallu qu'il attende un an pour parler ! Il était tellement bafoué, humilié, écrasé... Il avait dû se taire pendant un an... Ç'a été une fameuse leçon pour moi : savoir attendre.

Et puis j'ai découvert qu'Alain n'était pas tout seul. Il faisait partie d'une petite bande : des jeunes, paumés comme lui. Moi, en tant que curé, j'avais « mon pauvre », ça m'aurait bien suffi. Lui m'a dit : « Il y a mes copains, là-bas, il faut que tu t'en occupes ! » Et il m'a ouvert un monde : les jeunes de la rue. D'abord à Blida, puis à Alger. Au bout de cinq ans, j'ai pensé que la jeunesse algérienne était capable de prendre elle-même sa vie en main et je suis venu à Paris.

Je suis arrivé à Pigalle en 1970. J'habitais alors

rue de Flandre, au troisième étage d'un immeuble, juste à un carrefour, avec feux rouges, crissements de freins, grincements de vitesses... Pour moi qui arrivais de mon petit presbytère au milieu des fleurs d'oranger, ç'a été épouvantable.

J'étais avec un prêtre, Jean-Marc, qui s'occupait des jeunes de la rue. Lui pensait qu'il ne fallait pas loger sur le lieu de travail. Maintenant, je crois que c'est une erreur : il faut être le plus proche possible des gars, quitte à se mettre au vert de temps en temps pour récupérer. J'ai vécu comme ça pendant un an. Et puis Jean-Marc est parti et, pendant neuf mois, j'ai été livré à moi-même.

C'est comme ça que j'ai découvert le métro.

II

APPROCHES

RÉCEMMENT, j'ai vu un film avec Charles Bronson : des loulous ont violé sa femme et tué sa fille, il veut les venger. Alors il cherche les loulous partout dans New York et finit par les retrouver dans le métro. Là, il a toute une technique d'approche : il montre des bijoux, de l'argent... Les mecs accrochent et, finalement, il les tue.

Ce qui est très vrai, c'est qu'à Paris aussi le métro exerce une espèce d'attirance invincible sur les jeunes de la rue. C'est là qu'ils se font la main, c'est là que commence souvent la délinquance des jeunes.

Alors, j'ai passé des heures dans le métro. D'abord pour regarder seulement; ne pas passer à côté des gens sans les voir, comme tous ceux qui sont pressés d'arriver au boulot ou de rentrer chez eux. Perdre du temps à déambuler dans les couloirs, à passer d'une rame à l'autre, être attentif.

Et un soir... C'était un jeune gars. J'ai tout de suite repéré son allure, ses yeux fureteurs, ses mains dégagées. Devant lui, un type avait son portefeuille qui dépassait de sa poche revolver. Le gars avait déjà la main sur le portefeuille. J'ai posé ma main sur la sienne. Le métro s'arrêtait, il a foncé sur le quai, je lui ai couru après, je l'ai rattrapé. Il devait se dire que j'étais un flic. Je lui ai demandé : « Tu veux du pognon ? », et il a dû penser que j'étais un pédé. Je lui ai donné mille balles, sans rien demander en échange. Ces gars-là sont très silencieux, ils ne posent pas de question, mais ils ont une acuité de regard gigantesque. Il a senti tout de suite que je n'étais pas tout à fait dans ses normes : ni pédé ni flic, qu'est-ce que c'est ?

Bien entendu, on s'est revus. Le métro, c'est un monde assez restreint, on se retrouve facilement. Là, il m'a questionné : je lui ai dit que je m'occupais des mecs qui avaient des problèmes. Il m'a demandé pourquoi : j'ai dit qu'un jour, j'avais rencontré un môme perdu et que j'avais compris que ça valait le coup de pouvoir sortir des gars de la merde. J'avais dit ça très vite, parce qu'ils sont un peu comme des animaux sauvages : attentifs, fuyants, très peureux. Je lui ai laissé mon adresse. Très rapidement, il a eu des emmerdes, il m'a téléphoné. Et ce gars-là m'en a fait connaître des tas d'autres.

Autre contact. Un soir, je rentre sur ma moto (très important, la moto : à cette époque, j'avais une 500 Honda). Je m'arrête à un feu rouge, il y avait là des gars qui discutaient, j'entends parler de flics, d'agressions, je coupe les gaz. Les gars s'approchent, regardent la moto, s'exclament sur tel ou tel détail, me questionnent, je réponds. De fil en aiguille, ils en sont arrivés à me raconter leur dernier exploit.

Ils discutaient au bas de l'escalier d'un immeuble et, comme d'habitude, c'était une discussion plutôt bruyante. Dans cette cage d'escalier très sonore, ça devait faire pas mal de boucan. Alors une vieille, au premier étage, est sortie de chez elle et leur a dit de fermer leurs gueules. Réplique des mecs : « Va te faire enculer, la vieille ! » Un dialogue très chaleureux s'est instauré et la vieille a fini par leur balancer de l'eau de Javel... C'était un dimanche, les mecs avaient leurs fringues propres et ils étaient avec leurs gonzesses. Furieux, ils sont montés au premier étage et ils ont fracturé la porte de la femme. Là-dessus police, plainte, inculpation. La vieille a dit : « Ils ont fracturé ma porte et ont tenté de me violer ! » A soixante-quinze ans !

Le lendemain, je suis allé avec les gars voir le commissaire de police. Il n'avait pas retenu la tentative de viol, mais pour la « violation de domicile avec effraction », il a fait un peu peur aux mecs. Finalement, il nous a conseillé d'aller voir la vieille, de s'excuser, de réparer la porte et de tâcher de faire retirer la plainte. Ce qui s'est passé.

C'est comme ça que j'ai connu Jacky. Il avait quinze, seize ans. C'était un des membres de cette bande. Quelques jours après cette affaire, il est venu chez moi, s'est assis sur la poubelle sans dire un mot, regardait, écoutait ce qui se passait, qui je recevais, à qui je téléphonais. Pendant six mois, il est venu, chaque mois, régulièrement, et s'asseyait sur la poubelle... Et, un jour, il m'a dit : « Viens voir mon quartier ! »

Dès ces premiers contacts, j'ai compris que je devais habiter dans leur quartier, le XIXᵉ. J'ai loué un F 3, au rez-de-chaussée d'un immeuble de neuf étages. Comme ça, c'est à la fois commun et autonome : les mecs peuvent venir chez moi à toute heure, sans déranger les autres locataires ;

mais ils les rencontrent quand même à l'entrée, ils ne sont pas coupés des gens.

Ça n'a pas été tout seul, au début.

Un jour, j'arrive à moto au pied de l'immeuble. Deux vieilles discutaient. Je les entends dire : « Il paraît qu'il y a un prêtre dans l'immeuble... » Comme j'étais le seul prêtre de l'immeuble, je m'avance. Mais, avec ma dégaine : blouson de cuir, cheveux longs, je devais les effrayer; elles me disent : « Vous pouvez pas vous écarter? Vous voyez pas que nous causons? » J'insiste : « Il me semble que vous parliez d'un prêtre... — Monsieur, je vous en prie! — Ecoutez, madame, c'est moi le prêtre de cet immeuble. » Alors, une des deux vieilles, qui avait de l'esprit, rétorque : « Eh bien, moi je suis la Sainte Vierge! » Comme elle était un peu ridée, je lui ai répondu : « Tiens, je ne la voyais pas comme ça! » Le lendemain, elle frappait à ma porte pour s'excuser. Elle avait été trouver le curé de la paroisse en disant : « Il y a un type à moitié timbré qui se prend pour un prêtre... — Mais c'en est un vrai! » a répondu le curé. Après, ç'a été très sympathique.

Les gens de l'immeuble ont mis du temps à nous accepter comme nous sommes. Mais il y a eu des gestes très amicaux de part et d'autre.

Un jour, un gars arrive chez moi à deux heures du matin. J'étais absent. Le gars, énervé, gueule : « Où est Guy? », etc. Un type de l'immeuble passe, s'arrête : « Tu cherches Guy? Je ne sais pas où il est, mais viens boire un pot en l'attendant! » Et, à deux heures du matin, ce type emmène le gars boire un verre à la gare de l'Est ou ailleurs et le ramène. J'ai trouvé ça formidable!

Inversement, à Noël, un mec a eu l'idée de se procurer vingt-cinq cartes de Noël (en les fauchant, probablement, mais c'est autre chose...) et il les a déposées dans les boîtes aux lettres de l'immeuble, avec un petit mot : « Nous qui n'avons pas de famille, nous vous souhaitons une joyeuse fête de famille. » Des petits gestes comme ça, ça crée des liens.

Quand nous allons en Provence, nous ramenons des bouquets de lavande et nous en mettons un dans chaque boîte aux lettres. Ce n'est pas une technique, c'est pour montrer aux gens qu'on n'est pas des sauvages, qu'on les aime bien à notre manière. Et je crois que c'est réciproque. Chaque nuit de Noël, il y a une quinzaine de petits colis devant notre porte. Parfois, les gens sonnent, mais le temps d'ouvrir, ils s'engouffrent dans l'ascenseur, on ne sait pas qui c'est. Cette espèce d'amitié anonyme, c'est vachement précieux.

Maintenant, bien des locataires connaissent plusieurs gars par leur prénom. De temps en temps, ils les invitent chez eux. Mais avec ma permission expresse, parce que, en principe, il est interdit de monter dans les étages.

Finalement, cette connaissance mutuelle, c'est bon pour tout le monde. Depuis cinq ans, il n'y a pas eu un seul « casse » dans l'immeuble, alors qu'il y en a partout aux alentours. On sert de paratonnerre, les gens se sentent protégés. Et les gars ne se sentent pas isolés, rejetés. La peur, c'est toujours réciproque et c'est un cercle vicieux. Ici, il a été rompu.

III

LA RUE

Dans notre quartier, dès l'âge de onze, douze ans, les gars commencent à foutre le camp dans la rue. Les gars, pas les filles. Sur dix délinquants, il y a sept gars pour trois filles : celles-ci ont moins de liberté.

Si ça ne colle pas à la maison, si le père est mort, s'il y a divorce ou séparation, si le père ne s'occupe pas de son gosse en rentrant du boulot (quand il a deux heures de transport pour aller boulonner et autant pour revenir, lorsqu'il arrive chez lui il est complètement « à la masse », il ne peut rien écouter), alors le gosse, sachant qu'il n'est pas attendu, qu'il n'est pas désiré, il fout le camp. Il descend dans la rue. Et, comme par hasard, aux mêmes heures, il rencontre tous les mecs comme lui qui foutent le camp de chez eux...

Ce n'est pas au niveau de la richesse/pauvreté que se situe la délinquance des jeunes. On la trouve là où n'existent pas les qualités de vie nécessaires pour faire exister un enfant. Et cela consiste d'abord dans la capacité d'écoute des parents. Dans une famille « normale », quand un môme n'est pas rentré à la maison un quart d'heure après la sortie de l'école, la mère s'affole, elle commence à penser à Police-secours... Le môme arrive, réclame son chocolat, la mère l'accueille, etc. Tout est changé!

Pour les mômes de la rue, il n'y a rien de tout cela. L'un d'eux me disait : « Chez moi, y a qu'un frigo à moitié vide... » Attention! Cette constatation n'est pas un jugement de valeur porté sur des familles souvent sous-prolétaires, écrasées, exploitées. D'ailleurs, les gars, finalement, ne jugent pas leurs parents; ils n'acceptent d'en parler qu'au bout de très longtemps et, par respect, je ne les interroge jamais là-dessus. A ce propos, je me souviens d'une journaliste, un jour, qui vient à la permanence pour faire un article. Elle arrive, elle parle et, au bout de deux minutes, elle dit à un mec qui se trouvait là : « Pourquoi est-ce que tu ne veux pas me parler de tes parents? » J'ai dit à la fille : « Ferme ta gueule. » Ce qu'elle fit. Elle a peut-être écrit ensuite un article sur les blousons-noirs, je n'en sais rien, je m'en fous, mais elle n'a pas pu placer un mot après. Je lui ai dit : « Tu te rends compte, je connais ce gars-là depuis des mois, je ne sais même pas qui sont ses parents, et toi, tu as le culot de vouloir entrer directement dans sa vie privée... C'est pas un zoo ici, je ne suis pas un montreur d'ours! Si tu voulais faire un papier, il fallait prendre le temps de discuter. On n'agresse pas les mecs comme ça! D'ailleurs, heureusement que j'étais là, sans ça, il te sautait dessus et tu l'aurais pas volé... »

Je me rappelle Tony, quinze ans. On l'avait gardé huit mois à la permanence et puis il était parti. C'était l'été. On partait au Maroc, en camp, avec notre vieux camion. J'entends siffler; les mecs disent : « C'est Tony. » Stop. Tony s'accroche au bord du camion et demande où on va : « Au Maroc. — Je viens avec vous! » Je recule,

saute chercher son passeport et nous voilà partis.
Ses parents n'étaient au courant de rien. Un mois
plus tard, on revient. Tony me dit : « Tu viens voir
mes vieux. » J'y vais. Arrivés dans la pièce unique,
quelques mètres carrés, les parents étaient là;
Tony fonce immédiatement sur le réfrigérateur et
prend une bouteille de Coca. Ses parents lui
demandent : « D'où viens-tu ? — Du Maroc ! » Et il
est redescendu avec moi. C'est tout. Tout petit, sa
mère l'enfermait dans un cagibi pendant qu'elle
se prostituait. Le père buvait beaucoup, il était
éboueur, je crois. L'enfant là-dedans n'était plus
attendu, accueilli. Donc il était parti. Dans la rue.

Et là commence la vie en bande. Ils ne sont
pratiquement jamais seuls. Leur vraie famille,
c'est la bande. Ça remplace tout, pour eux. Leur
loi c'est la solidarité. Mais c'est aussi la force.
Chacun doit faire la preuve de sa capacité à se
battre. Ils ne sont pas nombreux : six ou sept,
parce que les grandes bandes sont trop facilement repérables. Ils traînent tous les soirs dans
les mêmes endroits, ils ne se déplacent pas beaucoup. Chaque bande a son territoire; quand elle
va sur le territoire d'une autre bande, c'est pour
l'affronter. Finalement le quartier est comme
quadrillé par les bandes, ils sont les maîtres
incontestés du terrain. Même les flics ne s'y aven-
turent pas facilement. Quand ils viennent, c'est en
masse : cinq cars, cinquante poulets, l'arme au
poing.

Arrêté récemment, à deux heures du matin, par
des policiers, je m'entends dire : « Que faites-vous
à cette heure-là ? » Quand on vit une partie de la
nuit dans les rues de Paris, on comprend ce genre

de question. Monde étrange que ce monde de la rue. Fascinant aussi pour les jeunes de la rue. Certains bars regorgent de clients... Souvent des bagarres... Marc, à la suite d'une réflexion, s'y est fait égorger. Les copains l'ont sauvé in extremis, grâce à leur célérité et à leur présence d'esprit. Mouloud y est mort poignardé. Bruno a reçu une décharge de chevrotines dans le ventre...

Nous sommes appelés tout de suite, ou peu après. Cette salle des accidentés de l'hôpital Saint-Louis, nous la connaissons bien. Ils échouent presque tous, l'un après l'autre, dans le même lit.

Il nous arrive assez souvent aussi de ramener nous-mêmes des accidentés, des gens ivres morts, ou parfois pris de malaise. Humanité souffrante, soulagée par toute une équipe de solides loulous, que la police éberluée (et qui les connaît bien) voit descendre du camion, en bons Samaritains...

Il y a aussi tous les délits nocturnes et les arrestations qui, chaque nuit, rassemblent dans la « souricière » (le dépôt de la Préfecture de police) un peuple de marginaux, mêlés les uns aux autres. Délits allant du simple vagabondage au crime le plus sordide !

Enfin il y a le côté western : la course dans les rues du quartier, avec les voitures volées et filées par la police, toutes sirènes hurlantes. Les jeunes désœuvrés qui cassent des vitrines en quatre endroits différents, déclenchement des signaux d'alarme, arrivée d'un régiment de policiers..., en vain, car la stratégie des gars a été parfaitement mise au point...

Pourtant ces mômes ne sont pas des terreurs. Il suffit de voir le mal qu'ils se donnent pour en avoir l'air... A quoi reconnaît-on un loulou ? A son allure, à la fois arrogante et fuyante ; à sa gueule plus ou moins cassée, dents de devant ébréchées par les coups; et à ses tatouages...

C'est très impressionnant ce qu'ils mettent sur leurs tatouages : souvent « EDM », enfant du malheur... C'est en prison que les gars se font tatouer : parce que là, leur peau représente les seuls centimètres carrés de liberté qui leur restent. Et que les tatouages, c'est tout un langage, c'est un code.

Or, les mecs de la rue, leur langage est très limité. Ceux que je rencontre habituellement n'ont pas plus de quatre cents mots de vocabulaire. Je l'ai dit, un jour, lors d'une conférence à l'Ecole nationale de la magistrature, et j'ai vu tous les auditeurs noter ça à toute vitesse : « Les jeunes délinquants que vous aurez devant vous ne connaîtront pas plus de quatre cents mots ! » Ils savent à peine lire et écrire; la plupart apprennent en prison. Ils ne lisent rien; même les illustrés, les « Magella » et autres saloperies, ils ne font que regarder les images. Ils ont beaucoup de mal à intellectualiser, ils n'ont que des problèmes immédiats : « Qu'est-ce qui va se passer quand je vais rentrer ce soir ? Seront-ils encore en train de s'engueuler ? Où est-ce que je pourrai dormir ? Qu'est-ce que je vais bouffer ? »

Ils ont quitté l'école à partir de douze ans. De toute évidence, l'école n'est pas faite pour des mecs comme eux. Alors ils traînent dans les bars : flippers, machines à sous, cigarettes, alcool...

Il y a énormément d'alcoolisme chez les jeunes de la rue. En principe, les boissons alcoolisées sont interdites aux mineurs non accompagnés. Mais elles sont moins chères que les autres et puis il y a souvent connivence entre la police et les patrons de bars ou les garçons, qui sont parfois des indicateurs... Alors on ferme les yeux sur les débits de boissons ouverts jusqu'à trois heurès du matin à des mômes de quatorze, quinze ans ! On peut dire qu'on les pousse ainsi à l'alcoolisme et à la délinquance. Parce que beaucoup d'actes de délinquance sont issus de l'alcool : ils boivent ensemble, discutent, préparent un coup, et sous l'influence de l'alcool, ils ne mesurent pas les risques et les dangers. D'ailleurs, ils sont souvent pris à cause du bruit qu'ils font et des propos qu'ils tiennent avant ou après un coup.

Jeannot était là, devant moi, menottes aux mains. A peine seize ans, blond aux yeux bleus, des parents bretons qui émigrèrent à Paris il y a vingt ans. Il a été pris dans la nuit, en flagrant délit de vol, après avoir mis à sac douze voitures et un appartement, avec un inconnu de trente ans rencontré quelques heures plus tôt dans un bar du XIXe... Un voyou de plus à enfermer !

Enfermé, Jeannot l'est depuis quinze ans et demi. Depuis le jour de sa naissance, dans les douze mètres carrés qu'il a partagés avec son père et sa mère, dans ce taudis sans air ni lumière (la fenêtre donne sur un mur situé à un mètre). Comme Jeannot étouffe dans cette bauge où se croiser devient vite insupportable, il est sorti très jeune dans la rue. Seuls les bars du quartier lui ont semblé accueillants : il a commencé à boire un « demi », puis des milliers d'autres, depuis l'âge de treize ans et demi. Sous la fameuse affiche réglementant les débits de boissons, il boit ainsi dix, quinze, vingt demis par jour. Je l'ai ramassé combien de fois, ivre mort, sur un des trottoirs du coin, ou la nuit devant ma porte, jusqu'à laquelle il s'était traîné quand, enfin, ferment les bistrots. Il me disait : « Un demi, c'est moins cher qu'un Vichy-menthe ou qu'un Orangina ! Et puis j'en ai marre de cette piaule dégueu-

IV

VIOLENCES

Son poing s'écrasa sur ma bouche. Sous le choc, la lèvre éclata et le sang jaillit. Je n'ai pas bougé. Je l'ai seulement regardé. Il devait avoir sa ration de sang, car, sans un mot, il est parti. Je ne l'avais jamais vu auparavant.

Pourtant, tout avait bien commencé. Cette fête de la bière réunissait beaucoup de jeunes et nous y sommes allés, un soir, avec toute la bande qui traînait dans la rue. L'ambiance était excellente. On était sur le point de s'en aller. Soudain, ce fut l'incident : un des jeunes de la bande marche par mégarde sur les pieds d'un gars d'une autre bande; échange immédiat de « courtoisies » puisées dans les poubelles parisiennes et, tout de suite, les coups... En quelques instants, le plateau des danseurs devient un ring qu'envahissent les arts martiaux. Tout vole en l'air, chaises, tables...

Que faire d'autre que de protéger les plus jeunes ? C'est notre tâche en ces moments-là. Devant cette violence déchaînée, aucune parole, aucun essai d'arrangement n'est possible. Il faut refluer avec la bande qui se disperse comme elle peut et, parfois, comme cette fois-ci, encaisser des coups qui mettront un point final à une soirée paisiblement commencée.

Vivre avec ce monde, c'est connaître ça. Cette violence à fleur de peau, qui éclate soudain, sans frein et sans avertissement, sous les formes les plus diverses : violence de toute l'attitude, qui est souvent provocation ambulante; violence verbale, qui peut exploser à cause du regard de mépris d'un passant ou d'une bousculade dans le métro; violence physique, qui jaillit de tout le corps et qui répond généralement à une peur viscérale de l'adulte qui est en face.

Violence aussi contre la société, l'ordre établi, tout ce qui sent le luxe, le superflu.

Au cours d'un week-end à Deauville, notre camion s'arrête au bord de la plage et nous commençons à manger. Soudain, un gars nous appelle : dans un restaurant voisin, des gens « pleins d'oseille » se remplissent la panse à raison de dix à vingt-cinq sacs par personne. J'arrive, avec toute la troupe. Par la porte du restau, on entend le maître d'hôtel annoncer les plats : « Et un homard Thermidor pour madame la comtesse! » Les gars se mettent en face avec leur casse-croûte à trois francs et mangent silencieusement, défiant du regard ceux qui bouffent à l'intérieur. La tension monte doucement. Des gens s'arrêtent de manger, on entend : « Mon Dieu, qu'ils sont pittoresques! » Deux gars s'approchent alors de la vitre et commencent à interpeller les gens. L'incident n'est pas loin, des trognons de poires s'écrasent l'un après l'autre sur le bord du restaurant. L'autre animateur et moi intervenons discrètement. Nous rembarquons.

Un peu plus tard, sur la jetée, un gars particulièrement furieux s'approche d'une dame en manteau et toque de vison, il tâte la précieuse fourrure et grommelle : « Ça pue, ton lapin! On est bien dans cette pourriture? Tu sais pas où foutre ton oseille, hein? Si c'est pas une honte! » La femme, interloquée, émergeant de son vison, toise le « voyou ». La reine de Saba, regardant une crotte de chien, devait avoir ses yeux...

Ceux qui connaissent bien ce monde de marginaux savent. Ils savent que cette violence cache des enfances manquées, parfois terrifiantes, où les coups et les cris ont été le pain quotidien.

La violence de Tonio ne peut s'expliquer que lorsqu'on sait qu'arrivé cinq minutes en retard de l'école, l'attendait, pendant des années, une brosse métallique préalablement chauffée sur la cuisinière et sur laquelle il devait s'agenouiller pour expier son retard... Il faut ajouter qu'il habitait loin de l'école et qu'il ne pouvait arriver à l'heure qu'en courant durant tout le parcours.

Majid, lui, ne peut s'endormir avant quatre heures du matin. Son père ne rentre pas avant une heure, il est toujours soûl. Alors la famille se tient aux aguets, dans une attente insupportable : s'armera-t-il d'un couteau, menaçant tout ce qui bouge, ou bien se mettra-t-il à tout casser dans la cuisine? Les réactions imprévisibles de Majid sont la conséquence directe de ces heures interminables de peur, d'angoisse.

Il n'y a pas que les enfants martyrisés qui sont violents. Il y a aussi les gosses qui vivent entassés dans les cités inconfortables et sont perpétuellement rejetés à la rue. Dans mon quartier, je voyais, l'autre jour, des gosses de dix, douze ans armés de barres de fer qu'ils avaient détachées d'un échafaudage; ils se battaient sur le trottoir, violemment, au milieu de l'indifférence générale : les passants se contentaient de faire un détour pour éviter les coups... J'ai enterré, au mois de mai, un de ces gosses-là. Il était monté sur le toit d'une usine désaffectée (c'était leur terrain de jeu préféré, parce qu'ils n'en avaient pas d'autre, et puis il y avait l'irrésistible attrait du danger); il est passé au travers de la verrière, quinze mètres en chute libre, en bas la mort... Quatre de ses camarades étaient déjà tombés au même endroit, trois s'en étaient sortis indemnes, le quatrième avec neuf fractures. Et puis Christophe, le cinquième, vertèbres cervicales brisées...

Qui dira assez la violence de ces quartiers misérables, où les gens sont parqués dans des conditions d'insalubrité incroyables! Et cependant le XIXᵉ arrondissement est hérissé de chantiers... Mais les requins de l'immobilier spéculent. Lorsque j'ai vu détruire les taudis, je me suis réjoui : le bruit d'enfer de la grosse pelleteuse mécanique était doux à mes oreilles, parce que je croyais qu'elle annonçait aussi la fin de la délinquance... Naïveté! A la place des taudis, voilà que s'élèvent d'énormes buildings, qui vont isoler, piéger les gens. Et puis c'est trop cher. Alors les pauvres devront quitter Paris, partir en banlieue, toujours plus loin du lieu de travail. Il faut voir la rapacité des promoteurs! Ici, il devait y avoir un espace vert d'un hectare : eh bien, ils ont falsifié les plans pour mettre une tour à la place... Dans cette cité de cinq mille personnes, dont trois mille jeunes, il est prévu un petit club de jeunes, c'est tout. Pour trois mille jeunes! Aucun endroit pour eux, ils se font chasser de partout par les gardiens; tout est interdit : marcher sur le gazon, aller dans le coin des petits, etc. Alors qu'à côté de Paris, d'immenses propriétés privées osent afficher des pancartes comme ça : « Attention! Pièges, poisons! Défense de pénétrer sous peine d'amende. » Les gars étaient tellement furieux de voir ça qu'ils ont fauché la pancarte et l'ont mise sur mon bureau. J'avoue que je l'ai gardée : c'est un tel symbole...

Au fond, la violence principale, la voilà : c'est celle du fric. Et les jeunes y sont pris eux-mêmes. On leur fait miroiter mille choses à la gueule et ils sont incapables de les atteindre. Ce supplice de Tantale de la consommation forcée, forcenée et toujours insatisfaite, c'est une des causes importantes de la violence. Logements inhumains, salaires insuffisants, familles déchirées, école inadaptée, formation professionnelle nulle, toutes les conditions se trouvent réunies pour que fermente la révolte, que fleurisse la délinquance.

Que dire du rôle néfaste de toute une presse qui juge, accuse, écrase, accable, qui mène quotidiennement, à propos de tout, une campagne odieuse de racisme antijeunes !

Quant au pouvoir politique, il faut bien dire aussi combien il contribue à la violence : d'abord en tolérant, en couvrant (ou en facilitant) toutes les magouilles qui profitent aux nantis (on n'oubliera pas de sitôt, dans le XIXe, le scandale, étouffé, des abattoirs de La Villette !); et puis en bureaucratisant au lieu de décentraliser, en hiérarchisant au lieu de démocratiser, en réprimant sans cesse au lieu d'autoriser... On parle beaucoup de « société permissive », mais les jeunes la ressentent plutôt comme terriblement contraignante, dure, froide, inhumaine, injuste.

Bien sûr, les gars ne sont pas innocents des délits qu'ils commettent. Mais je ne trouve rien de plus triste, de plus tristement aberrant, que cette phrase qu'ils écrivent souvent dans leurs lettres de prison : « Il faut que je paie ma dette à la société... » Comme si la société n'avait pas, elle aussi, des dettes à leur égard.

La preuve, c'est qu'ils peuvent être tout différents, si l'ambiance s'y prête. On en reparlera à
propos de notre bergerie en Provence. Mais il y a
aussi l'exemple du 14 Juillet.

Le 14 Juillet est une fête très importante pour
les mecs, pour tous les loulous de Paris. Ce
jour-là c'est leur fête, c'est la fête du peuple, le
jour de la liberté! Ils sentent tous ça, c'est très
fort. Je ne sais pas s'ils se souviennent de la prise
de la Bastille, mais ils vivent une tradition très
ancrée dans la mémoire populaire. C'est un symbole.

Je crois aussi qu'on manque terriblement de
fêtes, surtout à Paris. On est toujours en train de
courir, il ne faut pas perdre de temps, il s'agit de
gagner toujours plus de fric pour en dépenser
davantage. Et la vie devient très monotone. Le
14 Juillet reste une des seules fêtes.

Depuis longtemps, j'avais remarqué que les
gars économisaient pendant des mois afin d'acheter des pétards pour le 14 Juillet. Il y a deux ans,
quelques-uns sont venus me trouver, le 14
après-midi : « Si on allait défiler après Giscard... »
Ils avaient vu, le matin à la télé, Giscard au défilé
militaire. Alors je dis : « Bon, d'accord! » On
prend la jeep et le camion et nous voilà sur les
Champs-Elysées. Mais j'ai vu tout de suite que
j'allais être dépassé par les événements : il y avait
quinze mecs dans la jeep, trente dans le camion,
mais devant nous, ouvrant le cortège, il y avait au
moins quarante motos, avec bien sûr une fille
derrière chaque gars! Je n'étais pas rassuré : dans
notre quartier, chaque 14 Juillet, il y a des bagarres, des coups de couteau, des coups de feu, les
flics sont sur les dents. Je me demandais comment ça allait finir...

Mais non! Notre défilé s'est très bien passé, les

gens se marraient. A dix heures du soir, on a vu les feux d'artifice, les illuminations, et puis on est passés de bal en bal, très rapidement. A une heure du matin, retour au quartier, c'était le plein de la fête. Et là : extraordinaire ! La jeep est tombée en panne, alors la centaine de mecs se sont assis par terre tout autour, dans le calme. Ils n'avaient pas bu, ou presque, mais ils s'étaient dépensés en gueulant tout au long du défilé, leur violence s'était envolée. A trois heures du matin, deux mecs repartent à moto. Motos volées. La police les repère, les prend en chasse. L'un des gars tombe, se casse le bras. Eh bien, les flics ont appelé Police-secours et c'est tout. Ils n'en revenaient pas, les flics : « Mais qu'est-ce qui se passe ? On n'a pas été appelés une seule fois dans le secteur ! Ils n'ont pas bu, ils ne se bagarrent pas ! Qu'est-ce que vous leur avez fait ? » C'était le miracle du 14 Juillet.

V

FLICS

UNE certaine forme de torture est pratiquée en France. Je le dis posément et sans crainte d'être démenti : la pratique du « passage à tabac » est fréquente (c'est une litote...) et on a tort de la considérer comme normale.

Qu'ils fassent des conneries, ou qu'ils ne fassent rien, dès qu'ils sont appréhendés, les gars sont tabassés. Evidemment ils ripostent : jamais ce peuple-là n'acceptera de se laisser frapper sans réagir. Bien entendu, ils succombent sous le nombre, on les menotte, on les balance dans le panier à salade et, là, ça continue, souvent avec des matraques en bois longues de un mètre. Arrivés au commissariat, les coups redoublent, avec les insultes racistes : « Fils de pute ! Salope d'Arabe ! Enculé de ta race ! Les camps de concentration, c'est pas fait pour les chiens ! » Parfois, on les jette dans une salle entièrement obscure où plusieurs flics (qu'ils ne pourront pas identifier) les frappent avec une violence inouïe. Un gars en est sorti dans le coma, un autre a eu le pouce fracturé et la main tellement ouverte qu'on a dû lui poser quatorze points de suture. Son crime était de s'être porté témoin parce qu'il avait vu des policiers frapper un mec de quinze ans à terre. Il arrive aussi que des flics arrachent des mèches de cheveux entières, ou découpent une partie de la chevelure. Ou encore, ils attachent un gars avec des menottes à un radiateur et lui frappent les mains avec une règle. J'ai vu des mains enflées jusqu'au double de leur volume.

Ces faits me semblent graves. Ils sont le fait d'une police mal préparée à son travail et qui a sans doute aussi de mauvaises conditions de travail. Parfois, les gars ont constaté que les policiers sont en état d'ébriété quand ils les interpellent.

Un directeur de prison m'a dit : « Tous les jeunes qui arrivent inculpés de violences à agents sont couverts de bleus; quand on voit les planches à pain que l'on a le plus souvent devant soi, on se demande comment ils ont pu être les agresseurs... » Il faut bien constater que l'opinion publique, mal informée par la plupart des journaux, a plutôt tendance à soutenir et à couvrir la police, quoi qu'il arrive.

Bien entendu, je ne mets pas tous les policiers dans le même sac. Je me souviens d'un gendarme sur la route. Il avait arrêté notre camion (parce que, avec nos gueules, quand on se balade, on est vite repérés) et, montrant les gars, il m'a dit : « J'ai compris ce qu'ils sont le jour où un jeune de quinze ans que j'avais arrêté m'a crié : « De toute « façon je me barrerai; je vous déteste, je vous « hais ! » Il faut qu'ils aient vécu quelque chose de terrible pour en arriver là ! »

Dans un flic, je considère qu'il y a un homme d'abord et qui mérite le respect. Mais je vois aussi la fonction : quelqu'un qui dispose d'un pouvoir, qui porte une arme et qui a quasiment droit de vie et de mort sur les autres. Cette fonction, c'est nous, citoyens, qui la déléguons : nous avons donc le devoir de la contrôler.

Quant à moi, qui vis avec les gars des rues, qui

veux partager leur existence pour les aider à l'assumer, je ne peux pas m'empêcher d'être de leur côté. Un exemple :

Je venais de prêcher dans une église. A la sortie, un type m'aborde : « Je suis policier. C'est très bien ce que vous faites, mon père. » Quelques jours plus tard, j'étais accompagné de trois ou quatre jeunes, je rencontre ce policier dans la rue; il s'avance et me tend la main. J'ai refusé. Des gens diront peut-être : « C'est scandaleux : un prêtre ! » Mais je ne pouvais pas faire autrement, les gars n'auraient pas compris, ils m'auraient cru de mèche avec ce policier. D'ailleurs, j'ai revu ce type et il m'a engueulé : « C'est inadmissible ! Votre attitude ne peut que favoriser la réaction anti policière... » Je lui ai dit : « Non, mon vieux, je regrette beaucoup, mais en fonction de votre attitude à vous envers les mecs; je ne peux pas être à tu et à toi avec vous. Je respecte votre boulot, mais les gars ne comprendraient pas que je vienne vous serrer la main comme si nous étions tous les deux du même côté en face d'eux. »

Et il est vrai qu'il y a un risque pour moi, « prêtre éducateur de rue ». Au début, les flics me considéraient surtout comme « le prêtre qui s'occupe des jeunes en difficulté »; j'étais bien reçu dans les commissariats, on me complimentait, on me laissait souvent emmener les gars arrêtés. En somme, les flics me voyaient comme ayant plus de pouvoir qu'eux, j'étais au-dessus d'eux, ou au moins leur égal. Nous traitions de puissance à puissance. C'était un piège. J'ai mis du temps à m'en apercevoir. En relisant l'Evangile : Jésus ne s'est jamais situé sur le même plan que les puissants, il a vécu en pauvre, il a été arrêté, condamné, exécuté comme un pauvre mec...

J'ai fait un long chemin en sept ans. Maintenant, la solidarité avec les plus pauvres m'a amené à accepter la haine des flics, que je ne cherchais pas. Comme m'a dit un gars : « De toute façon, il faut que tu choisisses ton camp. Même si tu n'es pas d'accord avec nos casses, notre merde, nos délits, nos agressions, de toute façon, ou tu es solidaire avec nous ou tu es de l'autre côté! » Ce dilemme s'est clairement posé à moi le jour où un policier m'a interrogé à propos d'un jeune que je connaissais bien et qui venait d'être arrêté : « Dormait-il chez vous cette nuit-là ? » Répondre oui, c'était fournir un alibi au gars; répondre non, c'était le charger pour le délit qu'on lui imputait... J'ai refusé de répondre. Non pas, comme on me le suggère souvent, en m'abritant derrière le secret professionnel du prêtre (la confession!), mais en vertu de l'arrêt de la Cour de cassation du 4 novembre 1971, qui n'oblige un éducateur spécialisé à répondre qu'au juge et à lui seul. En faisant cela, c'est le statut d'éducateur que je défends. Et il faut bien dire que ce n'est pas du goût de tout le monde. Aussi a-t-on cherché à me « mouiller » par quelques coups bas.

La première fois, j'étais absent de Paris. Des flics ont utilisé mon tampon et ma signature pour me faire endosser un rôle d'indicateur... C'était gros, mais certains gars ont failli marcher. Je n'avais que quarante-huit heures pour prouver mon innocence. Grâce aux mecs, qui ont cherché les preuves, j'y suis arrivé. La police avait voulu me compromettre avec elle. Elle n'avait réussi qu'à creuser davantage le fossé. C'est alors qu'un gars m'a dit : « Maintenant, tu as choisi ton camp! »

Plus récemment, on m'a tendu un piège beaucoup plus grave. Je pèse mes mots, parce que je sais qu'on niera tout ce qui peut l'être et qu'on cherchera à m'attaquer en diffamation. Voilà les faits : un gars est venu me dire que les policiers l'avaient libéré, après un flagrant délit de vol, à condition qu'il place sous ma baignoire de la drogue. Il a accepté et m'a averti. Il n'a pas tardé à être repris pour une autre affaire.

La police joue là un jeu dangereux. Certains policiers le comprennent, certains magistrats aussi. Notre position d'éducateurs spécialisés est délicate : refuser en même temps la complicité avec les délinquants et la connivence avec la police n'est pas une tâche facile. Les gars eux-mêmes savent bien jusqu'où ils peuvent compter sur nous. Un jour, nous revenions d'une fête foraine, en camion. Soudain, je découvre, sous un siège, un magnifique magnétophone tout neuf. Je demande à qui il appartient. Silence. On passait sur un pont, je stoppe et je balance le truc dans la flotte, sans un mot. Les mecs ont parfaitement compris où s'arrête ma solidarité.

J'aimerais que les policiers le comprennent aussi. J'ai essayé, un jour, de l'expliquer à l'un d'entre eux : « Notre travail d'éducateurs est à base de confiance. Nous abordons des jeunes, nous les écoutons jour et nuit. Avant, ils n'intéressaient personne. A partir du moment où ils se sentent entendus, compris, ils deviennent d'inlassables consommateurs du temps que l'équipe veut leur consacrer. Ils se livrent entièrement à nous. Nous ne pouvons en aucun cas les trahir. A nous de nous débrouiller pour les aider à se sortir de l'étau qui les enserre, sans rien approuver de leur comportement délictueux, tout en comprenant très bien comment ils en sont arrivés là. Mais alors, c'est à nous de jouer, et seuls... »

Notre jeu, c'est essentiellement de nous placer à leurs côtés pour renverser avec eux les mécanismes qui les maintiennent dans l'isolement, la peur et le désespoir. C'est aussi les aider à décou-

vrir que, derrière chaque policier, il n'y a pas forcément un ennemi ou une brute; que, derrière
chaque juge, il n'y a pas forcément une machine
sans cœur, qui dissèque un dossier comme on
découpe un poulet. C'est encore les rapprocher
des autres, les aider à communiquer, à combler le
fossé qui sépare jeunes et adultes, mettre un frein
à tout ce qui peut exclure et marginaliser. Mains
nues dans la rue, nous n'avons pour lutter que
cette force : la certitude que ces jeunes laissés
pour compte sont des hommes à part entière et
qu'il faut les traiter comme tels.

VI

PRISONS

DES lieux de détresse. Voilà ce que sont les prisons. Des jeunes y rentrent, des fauves en sortent !

A cet égard, la France est un des pays les plus réactionnaires que je connaisse. A-t-on assez parlé de ces « hôtels quatre étoiles » où les condamnés seraient des pensionnaires de luxe ! Quelle aberration ! Et les « prisons modèles » sont plutôt pires que les autres... Fleury-Mérogis, par exemple, on vient la visiter des quatre coins du monde... Eh bien, c'est la prison de France (peut-être d'Europe) où il y a le plus grand nombre de suicides et de tentatives de suicide. Tout y est automatisé, il y a là deux ou trois mille délinquants entièrement isolés, aseptisés. Souvent les jeunes préfèrent la Santé ou Fresnes : c'est dégueulasse, il y a des rats, mais au moins ils peuvent discuter avec d'autres, avoir quelques contacts humains.

Là-dedans, la plupart ne font rien : presque aucun n'a de formation professionnelle, très peu ont déjà travaillé ; et le seul genre de boulot qu'on leur donne à faire en prison, c'est, par exemple, d'enfiler des perles huit heures par jour pour 2 à 5 F, et là-dessus on leur retient 1,15 F d'impôt... Il faudrait un gros effort de reclassement de ce côté-là. En Amérique, il y a des expériences remarquables en ce sens. Ici, les gars passent des mois ou des années sans travail, sans amour; quand ils sortent, comment voulez-vous qu'ils soient mieux qu'en entrant? Les quelques mecs que je connais qui ont réussi à passer un C.A.P. en taule, ça les a énormément aidés à se rééquilibrer.

Le pire, c'est l'isolement, l'absence de relations avec l'extérieur. Or c'est un moment d'épreuve personnelle très dure, où les gars auraient besoin, au contraire, de communiquer, de sentir une présence.

C'est pour ça que nous écrivons beaucoup aux prisonniers. J'ai toujours un petit stock de cartes postales, d'enveloppes timbrées, de crayons. Souvent les gars qui passent chez moi disent : « Tiens, passe-moi une carte! » Et les quarante emprisonnés que nous connaissons reçoivent régulièrement du courrier. Plusieurs nous ont dit : « J'ai tout un côté de ma cellule tapissé de cartes postales. »

Fréquemment, les prisonniers que nous connaissons nous écrivent : « Je te demande d'écrire à un tel, personne ne lui écrit depuis un an qu'il est là... » Ce qui fait que, dans certaines prisons, on écrit à dix ou quinze mecs qu'on n'a jamais vus. Il suffit de lire les petites annonces dans *Libération* du samedi : c'est fantastique le nombre de prisonniers qui demandent des correspondants. N'importe qui peut faire ça, et c'est tellement important pour supprimer cette cassure qui risque d'être irrémédiable.

Des visites aussi, bien sûr. Et des mandats. Et des colis. Pour les visites, tout en admirant le travail des « visiteurs de prison », je dois dire que rien ne remplace les visites des gens qui ont connu le mec dans son entourage, son quartier. A ce moment-là, plutôt que de dire : « On ne fréquente plus cette famille, ils ont un fils en prison », il faudrait demander : « Qu'est-ce qu'on peut faire pour votre fils qui est en prison ? »

Malheureusement, ces mecs, ils sont déjà marginalisés avant d'aller en taule; déjà ils ont coupé les ponts, ou on a coupé les ponts avec eux, ils n'ont qu'un cercle très étroit de relations. D'ailleurs, pour nous, le vrai contact avec un gars qu'on a connu dans la rue, c'est en prison que ça commence. Parce que, malheureusement, c'est là que les mecs ont le temps de réfléchir, souvent pour la première fois de leur vie. Mais, si personne n'est là pour entendre leurs confidences, alors c'est le désespoir le plus absolu. Témoin cette lettre, entre cent autres (nous en citons quelques autres en annexe) [nous respectons l'orthographe originale] :

Bonjour Guy,
Tu vas resevoir une lettre dun mec il est sinpas.
Guy fait quellque chose pour lui. Guy ne fait plus
rien pour mois je suis fini. jai bien conpris que je
ne servai a rien sur terre. jai vu R... quand je lui
est serré la main sa vouler tout dit. alort tu vois
je suis perdu. Guy pour moi tu estait comme un
père. Maintenant que je sais que je ne suis rien
sur tuer (sic) pour moi il a plus rien qui conte. Tu
cest pour quoi je me suis mi a rire [au tribunal]
c'est pas [parce] que je me disai que le juge était
gardien de bete et moi jai tait [j'étais] la bête. Sai
pour sa que je veu pas resté sur cest tête [cette
terre] je veur mouri. mais ja ten que tou mai juge
man [tous mes jugements] soi fini. et apré je
pense que je pourai voi une autre vive [voir une
autre vie] c'est dur à maipliqué [m'expliquer]
c'est pas pas [parce] que jai peur mais jai que jai
plus rien a me temire [à quoi me tenir ?]. enfin si
tu vien me voir je tespliquerai et tu dira que jai

*reson. X... ma ecri. mais B... [son amie] ma pas
ecri je croi quelle me laisse tonbé. je te quitte a
bientôt.*

Yves,
Ton frère.

Le jour où on se rendra compte que des gars
comme celui-là ont un infini besoin de n'être pas
jugés seulement sur les délits qu'ils ont commis,
mais sur leurs projets et leurs espoirs, comme
chacun de nous, alors beaucoup de choses chan-
geront.

Et puis il ne faudrait quand même pas oublier
qu'un jeune peut écoper de trois mois pour un vol
de vélomoteur, alors que, pour ne prendre qu'un
exemple, un ex-député de notre arrondissement,
le XIXe, a volé des centaines de millions aux Français et qu'il est toujours en liberté...

(A propos des prisons, je voudrais encore dire
ceci : il y a des portes qui s'entrouvrent, il y a des
efforts qui se tentent. Alors, avant que nous ayons
transformé de fond en comble tout le système,
engouffrons-nous par ces portes-là et ne les lais-
sons pas se refermer.)

Et puis il y a la sortie de prison. C'est un
moment capital. Sevrés de liberté, sevrés d'alcool,
les mecs se remettent à boire pour fêter leur
libération : d'où bagarres, flics et... prison ! C'est
arrivé bien des fois. Alors maintenant, nous orga-
nisons nous-mêmes le comité de réception. Ça se
passe chez nous, à la permanence : dès qu'un gars
sort, tous les autres le savent, ils ont des anten-
nes, c'est une vraie volée de moineaux. On fait un
bon gueuleton, il y a de l'alcool, bien sûr, on ne
peut pas leur donner de la limonade; mais il y a
aussi des gros trucs bourratifs, d'énormes plats

de viande. Ils bouffent comme quatre, ils boivent autant, et tout passe... Pour terminer, on va prendre ensemble une glace aux Champs-Elysées. Ça coûte un peu cher, mais il faut bien marquer le coup. Un gars qui sort de taule, il a souffert, il en a bavé. Alors cette petite fête, c'est une bonne façon de reprendre goût à la vie.

Je dois dire que, depuis longtemps, plus aucun mec n'est reparti en prison dès sa sortie.

VII

FAMILLES D'ACCUEIL

« JE sors de prison. J'en ai marre. On veut me mettre dans un centre pour anciens prisonniers. J'en veux pas. Si je veux m'en sortir, il faut que je vive autrement. Trouve-moi un homme et une femme qui s'occupent de moi. Je paierai ma bouffe, je paierai la piaule. Trouve-moi quelqu'un. »

De cet appel sont nées les « familles d'accueil ». Nous en avons actuellement vingt-cinq. Elles sont recrutées surtout par contacts personnels. Jamais par correspondance. Les qualités nécessaires ? Tendresse et force. Un gars disait : « J'ai toujours vécu dans le sable. J'attends un roc. » Parfois, au cours d'une conférence, ou dans le quartier, je rencontre des gens qui demandent : « On aimerait bien être utiles à quelque chose. Est-ce qu'on peut avoir un de tes gars ? » Alors je vais voir la famille.

Si elle est trop riche, trop de fric, pas la peine. Un jour, un ami me recommande une famille : déjà ce n'était pas exactement une famille, mais une femme divorcée et sa fille de dix-huit ans. Je n'ai rien contre les divorcé(e)s, mais c'est déjà dur d'être seul(e) et c'est pas tellement ce qu'il faut pour les gars. Et puis la fille de dix-huit ans, ce n'est pas indiqué : les mecs racontent toujours des tas d'élucubrations sexuelles (beaucoup plus qu'ils n'en font !); il vaut mieux des enfants jeunes, c'est beaucoup plus équilibrant. Bon alors, j'arrive chez ces femmes, avec le gars en question, et toute la bande avait suivi... On faisait ripaille, repas somptueux. A un moment, les mecs, qui bouffent un peu comme Obélix et Astérix, ont pratiquement cassé la table en deux... La fille se lève, toute pâle : « Maman ! Notre table de huit cent mille francs ! » La dinde nous est restée dans la gorge, on est partis en catimini. C'en est resté là. Le luxe, c'est une véritable agression pour ces mecs élevés dans la misère.

Mais il y a encore d'autres exigences. On me signale une famille. J'y vais avec un gars. Il mange, le nez dans son assiette, les cheveux faisant un vrai barrage devant ses yeux. Pas un mot. A la sortie, il me dit : « Je reste pas. Ils ne s'aiment pas, ces gens-là ! » Six mois après, ils se séparaient... Les gars ont une espèce d'instinct animal pour ces choses-là. Ce sont des experts en humanité, on ne peut pas tricher avec eux.

Mais il ne faut pas en rajouter non plus. Une autre famille demande un gars. Il y va. Le premier soir, il ne rentre pas. Le père de famille fonce partout pour le chercher. Finalement, à une heure du matin, il le trouve en train de discuter avec des copains : « Enfin, R..., je t'attendais ! — Bon, tu m'attendais. Tu peux m'attendre encore. Je ne suis pas ton fils, tu n'es pas mon vieux, tu me fais chier ! Laisse-moi vivre, je rentrerai quand je voudrai. Tu m'as donné la clef de ta baraque, c'est pas pour me faire rentrer quand tu veux... » Ça suppose une certaine dose de tolérance.

Ce qu'il faut, c'est que le gars ait un travail, pour payer sa piaule (sinon, il se mettra à voler pour la payer) et pour être occupé (sinon, il restera là à glander et il fera des conneries).

Accepter d'accueillir des gars, ça peut mener assez loin. J'avais rencontré un couple d'enseignants qui m'avaient dit : « On voudrait bien un gars. » Je leur en confie un. Ils vivaient dans un quartier assez cossu. Un soir, à minuit, la bande vient voir le mec. Ils frappent chez la concierge pour demander l'étage. La concierge était sympa : à minuit, elle donne le renseignement. Mais, comme les mecs faisaient du boucan, voilà qu'elle se fout en rogne : « Espèces de petits cons ! », etc. Toujours le même dialogue chaleureux avec les pipelettes ! Bon, les mecs montent, ou plutôt ils partent à l'assaut de l'escalier... Le lendemain, la concierge dit amplement au jeune couple ce qu'elle pense de leurs visiteurs nocturnes. Eh bien, six mois après, ils déménageaient. Ils ont acheté une petite maison en banlieue, où ils accueillent sans difficulté des tas de jeunes... Au départ, ils m'avaient dit : « Nous voudrions aider un gars à changer de vie. » Et puis, un soir, ils m'ont avoué ceci :

« Depuis que Tony est chez nous, peu à peu, nous nous sommes rendu compte que *notre regard changeait*. Méfiant au début à notre égard, on l'a laissé vivre comme avant. Il ne rentrait jamais avant deux ou trois heures du matin. On se voyait parfois le soir et de plus en plus souvent. Il a débarqué un beau jour avec toute sa bande. Ça nous a fait un peu peur au début. Ils étaient très bruyants et les ennuis avec notre concierge ont commencé. En très peu de temps, nous passions du " couple très bien " aux " gens qui recevaient les voyous du quartier ". Notre tranquillité, c'était fini. Notre confort, il ne tenait plus face à ce que vivait Tony. Nous avons très vite compris que sa respiration, c'était sa bande. C'était sa raison de vivre et d'espérer. Il ne pouvait vivre sans elle. C'est pour cela qu'on a accepté qu'ils entrent chez nous. Bien sûr, ils n'ont jamais rien pris. Mais, à chacun de leurs passages, il y avait des mégots partout, des disques de rayés, des tas de choses déplacées... Il y avait surtout, à chacun de leurs passages, quelque chose de *nouveau* en nous. En les regardant et en les écoutant, on découvrait combien de futilités, de choses inutiles encombraient notre vie... Nous ne pouvions vivre comme avant.

« De plus, Tony est algérien par son père. Là aussi, quelque chose de neuf entrait chez nous. Les déchirements de ce jeune face à deux civilisations, ses cris de colère parfois devant l'injustice permanente dont il souffrait, lui, et ses millions de frères, tout cela ne pouvait nous laisser indifférents. Si notre regard avait changé, nous voulions aller plus loin. Ce monde, hier encore inconnu, peu à peu entrait en nous. Nous sentions d'un seul coup combien notre vie avait été depuis longtemps chloroformée par un confort et un égoïsme dont nous n'avions même pas conscience. C'étaient nos miettes et notre superflu que nous avions toujours, jusque-là, offerts pour le tiers monde, quand on nous sollicitait. C'était devenu maintenant intolérable. Nous avons alors décidé de consacrer une partie de notre salaire pour que des hommes en Afrique puissent *vivre debout et libres* en leur donnant les moyens de construire eux-mêmes ce qui décidera de leur existence, d'abord, et de leur bien-être ensuite... Tranquilles ! Non. Heureux ! Oui. Car Tony a changé notre vie... »

Je ne fais pratiquement pas de réunions des familles d'accueil. Si elles veulent se retrouver, elles se démerdent. Les anciens reviennent voir leur famille d'accueil, c'est très bien.

On me demande souvent : « Qu'est-ce que tu fais d'eux ? Est-ce que tu veux les intégrer ? » Je dis : les intégrer dans quoi ? Dans cette putain de société, dans « métro-boulot-dodo » ? De toute façon, ils n'en voudront pas. Ils ont au moins cette liberté face à nous qui acceptons des boulots cons, qui acceptons de vivre connement en râlant du matin au soir... Eux, ils refusent. Ils préfèrent vivre leur marginalité à fond la caisse. Laissés à eux-mêmes, obligés de se débrouiller seuls, ils ont un tempérament très libre, ils vont au gré des vagues. Ils ont des habitudes de vie assez sauvages : ils ne savent pas se « tenir à table », ils paraissent très rustres. Mais, en même temps, ils ont des gestes incomparables de spontanéité, de vérité. Ils n'ont pas nos attitudes plaquées, stéréotypées. Ils sont libres.

L'important, c'est de partir de tout ça. Pas question de les « intégrer ». C'est eux qui choisissent ce qu'ils veulent. S'ils le veulent. Quand ils le veulent. Un soir, un gars me téléphone : « Je suis à la gare de l'Est, viens tout de suite. Tu me reconnaîtras : j'ai des lunettes fumées et un chapeau melon ! » J'y suis allé, j'ai reconnu un mec avec qui j'avais eu une très bonne relation il y a quelques années et qui était resté deux ou trois mois à la permanence. Il m'a dit : « Je suis recherché, c'est pour ça que je me cache. (Remarquez, pour passer inaperçu, il se posait un peu là !) Mais je voulais te voir. D'abord pour le plaisir, et puis pour te dire une chose : tu es arrivé trop tard dans ma vie ; je continue à faire des casses. Mais, au lieu d'agresser des petites vieilles, je fais directement la banque. » J'ai trouvé que c'était une progression morale étonnante... Mais j'avais respecté sa vie. Ça, c'était très important.

VIII

VACANCES

« On en a ras le bol du samedi et du dimanche. Tu ne pourrais pas nous emmener, un jour ou l'autre ? »

Ainsi naquirent les week-ends en camion. L'un des tout premiers nous mena à Deauville, au printemps. Quelle aventure ! Quand la horde se déplace, j'aime mieux vous dire qu'elle ne passe pas inaperçue. J'entre dans une épicerie pour acheter saucisson et fromage; je n'avais pas beaucoup d'argent, je dosais scrupuleusement les dépenses... Quand je suis revenu au camion, il était rempli de victuailles : chacun avait fait sa petite provision, pendant que je payais la patronne... Un moment après, je vais acheter un journal : hop! ils ramènent une vingtaine de bouquins de cul, *Moto revue,* etc., tout ce qui leur est tombé sous la main. J'ai foutu les bouquins en l'air, on a bouffé les provisions. J'ai gueulé, mais pas tellement pour leur faire la morale, plutôt en disant : « On est ensemble; si vous continuez comme ça, on va avoir toutes les emmerdes possibles ! » Ça, ils comprennent quand même un peu.

On fait aussi du sport. Des sports violents, qui liquident leur agressivité : moto cross, par exemple.

Et de la musique. Un jour, un gars vient me voir : « Tu sais, euh, les copains sont pour la deuxième fois en taule... — Pourquoi ? — Ben, ils ont volé pour avoir un orchestre... » Alors, quand la bande est sortie de Fleury, je les ai attendus et je leur ai offert une petite batterie; les gens du quartier ont payé un ampli; et les mecs ont bossé pour avoir le reste.

Ah! et puis il y a eu les camps de neige. La plupart des gars n'avaient jamais vu la montagne ni la neige. Un des durs de l'équipe, quinze ans, qui n'était jamais sorti de Paris, m'a dit : « Tu sais, quand on voit ça, on ne peut plus être comme avant... » Chacun a droit à la nature, au silence, aux vacances.

Babar, un mètre cinquante-trois, quatre-vingt-trois kilos, était parti au dernier camp de neige pour maigrir. C'est pourquoi il avait pris la fonction de cuisinier, ce qui lui permettait de manger six parts sur douze. C'est un public relations étonnant. Depuis l'âge de dix ans, il a traîné dans Pigalle, il connaît bien la vie des rues. Il avait une technique d'accrochage particulièrement au point. On ne l'a jamais vu sur les pentes. Il mettait tellement de temps pour fixer ses skis, que je lui ai dit : « Bon, tu nous rejoindras! » Il ne nous a jamais rejoints. En revanche, il avait inventé ceci : il faisait deux mètres, tombait, poussait des hurlements à fendre l'âme; il se trouvait toujours de ravissantes personnes pour foncer vers lui, croyant qu'il s'était cassé au moins deux ou trois jambes. Elles le remettaient sur pieds et alors lui, d'une voix geignarde : « Je suis frigorifié, pouvez pas me payer un chocolat? » A midi, il avait bu vingt-cinq chocolats. Et c'est lui-même qui me présentait à la patronne : « Simone, je te présente Guy; c'est le curé-voyou, enfin c'est lui qui s'occupe de nous. » Comme par hasard, c'était le bar le plus huppé de la station. Heureusement, Simone nous a fait cinquante pour cent de réduction... Mais surtout, Simone avait un regard extra-ordinaire pour ce monde de jeunes. L'accrochage a été tel que nous revenons tous les ans dans ce coin-là, parce qu'il y a Simone.

Pendant plusieurs années, nous partions, l'été, vers les pays arabes. D'abord parce que quarante-cinq pour cent des gars sont arabes, et puis ça ne coûtait pas trop cher; surtout il y a le soleil et on peut dormir un peu partout. Maintenant, l'été, c'est notre bergerie de Provence. Mais le Maroc nous avait beaucoup impressionnés. J'en garde un souvenir symbolique : nous avions dormi dans un champ; le matin, nous avons vu arriver le fellah, sur un plateau il apportait du lait de brebis et de la galette. Merveilleux présent de bienvenue! Miracle de l'hospitalité! Les gars n'ont pas manqué de comparer ce geste, renouvelé à chaque arrêt dans la campagne, à la manière dont les Français reçoivent les Arabes dans le XIXe...

Le Maroc, terre d'accueil, mais aussi de drogue et de prostitution. Aussitôt franchie la frontière, des dizaines de jeunes se pressent autour du camion pour offrir du kif ou du hasch; partout, en ville ou en djebel, on nous en proposera. Nos gars en achètent peu; leur drogue à eux, c'est la violence, ou le vol... Beaucoup de jeunes Européens aussi (très jeunes souvent : quinze, seize ans) viennent là pour la drogue. Quant à la prostitution des adolescents, elle est partout; les Européens les racolent le plus souvent sur les plages. Tout ça va de pair avec la misère : dans la médina de Fez, j'ai vu des gosses de six à huit ans travailler de dix à douze heures par jour, dans un atelier quasi souterrain, à la confection de petits ouvrages en cuir, ou attelés à des rouets préhistoriques qu'ils actionnent inlassablement de leurs petites jambes grêles. Pour moi, le petit portefeuille acheté deux dirhams sentira toujours la sueur de ce gosse qui, dans cette pièce sans air et sans lumière, colle interminablement d'un geste du pouce les deux morceaux de cuir...

Mais revenons à nos moutons. Nos moutons, c'est la bergerie achetée en juin 1972 en haute Provence, à l'entrée des gorges du Verdon, à 852 mètres d'altitude et... à 880 kilomètres de Paris.

La baraque était si vermoulue que, lorsqu'on éternuait, les contrevents s'ouvraient d'eux-mêmes. Un des mecs avait, à Paris, la spécialité d'enfoncer les portes à coups de pied; là il était furieux : pas de portes ! Il est resté trois mois; quand je suis revenu, il m'a dit : « Regarde ces putains de portes que j'ai faites et tâche de ne pas y toucher avec tes pieds ! »

Il y avait des grilles, on les a enlevées : ça rappelait de mauvais souvenirs à beaucoup. On a nettoyé le puits : la maison était abandonnée depuis trois générations, il a fallu retirer trois générations de merde pour retrouver l'eau. Pour des Parisiens, vous savez, c'est une affaire, de l'eau qui ne sent pas l'eau de Javel ! Pour le toit, c'est Jacky qui a fait le couvreur. Il faut voir au boulot tous ces mecs qui glandent à Paris : quand ils ont un projet en commun, ils sont capables de travailler très dur.

Au début, les paysans du coin (le village est quand même à deux kilomètres, c'est plus sûr) étaient vachement méfiants. Et puis, un été, il y a eu de gros orages et toute l'équipe a foncé pour aider à rentrer les récoltes. Une autre fois, le boulanger malade, deux mecs se pointent à deux heures du matin pendant trois semaines pour faire la pâte. C'est des gestes qu'on n'oublie pas. Et des rapports nouveaux se sont noués avec les paysans.

Après une messe que j'avais dite là-haut, une vieille femme me demande si je pouvais faire la procession de saint Christophe, le dernier dimanche de juillet. Les gars me disent : « Ça serait vachement bien de faire leur procession ! » Et la veille de la fête, toute la bande monte au village. Je fouillais la sacristie pour retrouver les ornements; quand je suis sorti, j'ai vu un spectacle peu banal : dans l'abreuvoir municipal, saint Joseph nageait entre deux eaux, pendant que les pieds de saint Pierre émergeaient, voisinant avec la tête de l'Enfant Jésus. Et j'entendis ce dialogue inusité : « Passe-moi le barbu (saint Antoine). — Envoie la mignonne que je la brosse (sainte Thérèse). — Laisse tomber le vieux bonze (un saint dont j'ai oublié le nom)... »

Le lendemain, la procession s'échelonnait au long des champs, dans un parfum de lavande : les anciens devant, la croix brandie par un non-baptisé, l'encens allégrement balancé par un musulman, le Livre porté par un juif; tous les jeunes du village derrière. Je n'aurais jamais cru qu'un saint rayé du calendrier romain puisse créer de tels liens.

Beaucoup de bêtes à la ferme. Notamment six chiens corniauds : Prince, César, Pipeau, Grabat, Vagabond et Vagabond 2. Et Biquette, la chèvre, qui nous a fait trois chevreaux; elle est morte maintenant, mais c'était un peu notre mascotte, elle nous suivait partout. Il faut même que je raconte à son sujet une anecdote : chaque fois que nous descendons en Provence, nous nous arrêtons chez Gigi. Gigi est une femme extraordinaire, qui tient un restaurant pour routiers, dans le Midi. Nous nous arrêtons toujours, parce que Gigi accueille les gars avec une attention et une délicatesse merveilleuses. Et les mecs sont toujours vachement heureux de la revoir. Cette fois-là, ils avaient amené Biquette. Elle est montée sur la table d'un routier et s'est mise à chier dans son assiette. Et le type, voyant ça dégringoler, a simplement demandé un autre menu.

Un jeune couple est permanent à la bergerie. Je les ai rencontrés en 71 sur les routes du Maroc. Ils n'ont pas quarante-quatre ans à eux deux. Michel sait tout faire et même gueuler très fort quand c'est nécessaire. Annie est là, toujours là, attentive, silencieuse, écoutante et... elle fait de l'excellente cuisine.

« On n'est pas des paysans, mais ce que ça fait du bien de se sentir tout neuf là-dedans ! » disait Johnny, en se frappant violemment la poitrine. « Tout neuf », ça doit vouloir dire à peu près ceci :

Je peux enfin réfléchir, en sciant ce foutu tronc d'arbre,
    loin des types louches aux combines dangereuses,
    des bistrots ouverts jusqu'à trois heures du matin pour des mômes
    comme nous,
    des flics qui nous courent toujours après parce qu'on les emmerde,
    des gens qui nous regardent comme des bêtes féroces,
    des envies que j'ai de leur rentrer dans le lard,
    de mes vieux qui hurlent en rentrant la nuit, puant la vinasse,

de cette putain de société où je me sens mal et qui me donne la trouille,

de tous ceux qui s'occupent de nous et nous rejettent le lendemain

comme des peaux de banane,

du fric qui court et grossit dans les mêmes poches,

des douze mètres carrés où on loge à quatre depuis seize ans...

IX

DU TRAVAIL

APRÈS sept ans d'expérience, je constate que les gars qui se mettent à travailler choisissent presque toujours des métiers vagabonds : livreur, chauffeur routier, coursier... A Paris, ils cherchent beaucoup des emplois de coursier : c'est très fatigant, bruyant, il y a des risques d'accident, mais ils aiment ça. Ça leur permet de se déplacer à droite à gauche, et puis l'engin, la mob, leur donne une certaine impression de puissance et de liberté. Stops, feux rouges, ils ne connaissent pas, la ville est à eux... Surtout ils sont (ils ont l'impression d'être) indépendants : pas de patron ou de contremaître sur leur dos, on organise son temps comme on veut.

Je n'en connais pratiquement aucun qui soit allé en usine. Ils sont incapables de se plier à un travail répétitif et mal payé, et surtout de supporter une hiérarchie, une surveillance, des ordres. Les quelques-uns qui ont essayé de travailler dans de petites usines se sont barrés à la première réflexion du moindre petit chef. Ils disent : « Ce mec, c'est ni mon père, ni ma mère, ni personne... » Et ils foutent le camp sur-le-champ, sans même toucher leur paie. Ou alors ils y vont à cinq ou six, à la fin du mois, en menaçant le patron. A plusieurs reprises, j'ai dû m'interposer pour éviter de graves emmerdements.

D'ailleurs, ils ne connaissent jamais leurs droits exacts, aucune idée de la législation du travail. Ils se font entuber très facilement. Mais, quand ils ont l'impression qu'un type les a baisés, c'est immédiatement le poing dans la gueule, la bagnole brisée, etc. Il n'est pas facile de leur faire comprendre que ce n'est pas toujours le meilleur moyen de régler leurs problèmes.

Pour l'embauche, dans les débuts j'intervenais personnellement comme prêtre. Et les patrons : « Mais comment donc, mon père, pas de problème, amenez-moi votre petit gars ! » Il y avait parfois des surprises. Un jour, je téléphone dans un restaurant : « Mais bien sûr, mon père, venez donc ! » J'arrive sur ma 500, je la range au bord du trottoir. S'amène un type dans une puissante bagnole, il me fait signe de dégager ; je ne suis pas méchant, je range ma Honda sur le trottoir et j'entre dans le restaurant. Je demande le patron, j'entends une voix derrière moi : « Qu'est-ce que tu lui veux au patron ? » C'était le gros type de la bagnole. Je dis : « C'est pour le boulot », il me répond : « C'est pas des gars comme toi qu'il nous faut ici ! » Cette réception m'a mis en boule, alors je lui ai lancé : « C'est pas chez des mecs comme toi que j'irai manger, parce que tu me déplais souverainement... » Là-dessus, je lui ai dit que le père Gilbert, c'était moi. J'ai cru que le type allait avoir une crise d'apoplexie.

Une autre fois, je vais dans une usine avec un gars de vingt-cinq ans qui avait fait pas mal d'années de taule. Il présentait pas mal : cheveux courts, costard gris ; moi cheveux longs, blouson de cuir. Le patron nous avait fait attendre longtemps, puis il arrive et fonce sur le mec : « Monsieur l'abbé, excusez-moi... » Alors le gars : « Non, le curé c'est à côté! » Mais là, le type s'est marré, ça s'est bien passé et on a eu la place.

Pour les antécédents, il y a quelquefois des patrons qui disent : « Je m'en fous pas mal qu'il soit délinquant, je l'embauche! » Mais c'est rare. D'autres me reprochent : « Vous ne m'aviez pas dit, vous m'avez trompé! » La meilleure solution, c'est, quand on est en confiance, de pouvoir, en présence du gars, et s'il le désire, expliquer au patron ce qui s'est passé. Et que les autres ouvriers soient au courant. Mais ce n'est pas toujours possible. Alors c'est au gars de se démerder. D'ailleurs il faut bien qu'il y arrive un jour ou l'autre : il ne nous aura pas toujours pour le pistonner. C'est pour ça que, de plus en plus, je m'arrange pour qu'ils se démerdent eux-mêmes. Il faut qu'ils se forgent leurs propres armes.

Il nous arrive aussi de tomber sur des patrons extraordinaires. Jean, par exemple, dirige une usine de plastique. Il en a beaucoup bavé pendant son enfance, il sait comme c'est dur de s'en sortir tout seul. Alors, un jour, il a mis une annonce dans *France-Soir :* « Cherche des jeunes entre seize et dix-huit ans, ayant fait au moins un an de prison. » Le lendemain matin, cinquante loulous se sont pointés pour voir la gueule de ce type, savoir s'il plaisantait ou quoi. Et il a pris les deux premiers. L'un des deux y est depuis trois ans maintenant et ça l'a vraiment aidé à s'en sortir.

Mais ce que je ne peux pas supporter, c'est le genre patron chrétien qui ose me dire : « Moi je n'en ai rien à foutre que le gars ait ou non des difficultés; ce qui compte ici, c'est le rendement! » Comme disait l'autre : est-ce l'homme qui est fait pour le travail ou le travail pour l'homme?

Avec le boulot, ce qu'il y a d'important aussi, quand un gars sort de prison, c'est le logement. Souvent, ils cherchent à se loger à plusieurs. Toujours le phénomène de la bande. C'est leur vraie famille. Et puis vient la rencontre d'une fille et c'est la séparation du groupe. Aimer une fille, c'est fantastique pour eux. Avant, les filles, excusez-moi, mais c'étaient uniquement des vagins. Les gars qui vivent en bandes sont des mâles pour qui les filles n'existent que comme objets à baiser, ils disent des « greniers à sperme »... Et même leurs premières expériences sont souvent des viols collectifs : à cinq, six ou sept, ils font boire une fille et lui passent dessus. Ou bien un mec offre une fille à ses copains : cadeau princier ! Mais la fille est profondément méprisée, c'est la pute...

A ce propos, je voudrais raconter l'histoire de Nathalie. Une fille avait été violée par une bande. Elle était venue me trouver : elle ne voulait pas de l'enfant, mais elle ne voulait pas avorter. Je lui ai promis qu'on s'arrangerait pour l'élever. Nathalie est née, sa mère est venue me l'apporter dans ses langes. Des amis à moi ne pouvaient pas avoir de môme, ils ont gardé la petite puis l'ont adoptée. Sa mère est mariée, elle a des enfants qu'elle a voulus. Je dédie cette histoire aux inconditionnels de l'avortement et aux acharnés de la vie coûte que coûte. Elle me semble un signe d'espoir.

A partir du moment où un mec est révélé à lui-même par l'écoute, le respect, l'estime, son attitude envers les autres, en particulier les femmes, change. Un gars m'a dit, un jour : « C'est à cause de toi que je viole plus les filles; parce que tu me connais, tu t'es intéressé à moi, et je me suis rendu compte que les filles c'est des êtres humains comme moi. » Ce mec, je me rappelle, il était resté trois mois à la permanence. C'était un beau gosse, très typé, mais sale, dégueulasse, et toujours cette mentalité suicidaire qu'ils ont si souvent. Bon, il s'en va. Et voilà qu'une nuit, à trois heures du matin, il me téléphone : « Dis donc, c'est embêtant, j'ai un bouton sur le nez... » Je lui ai dit : « Tu me fais chier ! Il est trois heures du matin et tu me réveilles pour me dire ça ! » Mais tout d'un coup, je me suis dit : c'est toi le con ! Enfin ce mec s'aime, il s'intéresse à sa gueule, il se regarde, il veut être beau, c'est formidable !

Quand ils aiment une fille, ils vivent ensemble, naturellement. Ce n'est pas toujours facile pour la femme. Parce que le gars a eu une vie très solitaire, très dure; et puis il y a toujours les copains. Et ça, les copains, la femme a souvent du mal à supporter. Parce qu'ils débarquent à n'importe quelle heure, ils sont chez eux et le mec abandonne tout pour eux. Une fois, il y avait un gars qui était en train de faire l'amour avec sa femme, un copain siffle en bas : hop ! aussitôt le mec s'arrête net et va retrouver son pote... C'est pourquoi la plupart des gars épousent plutôt des filles de leur milieu. Elles comprennent moins difficilement.

Mariage. Les mecs me demandent toujours de les marier « à l'église ». Pas commode : en principe, il faut des papiers, des démarches, une enquête... Ils ne supporteraient pas tout ça dans une paroisse ordinaire. Mais, chaque fois que c'est possible, quand l'un des deux au moins est baptisé, je le fais. Parce que je sens bien qu'ils ne demandent pas ça d'abord pour me faire plaisir ou comme une formalité, mais au nom de l'amitié qui nous a unis pendant des années. Et puis parce que c'est très valorisant pour eux. Le mariage à la mairie, c'est une affaire administrative, c'est froid, sec, bâclé... La cérémonie à l'église, c'est du sérieux, c'est grave, ça a du poids, ça valorise leur union. Et comme ils n'ont jamais été valorisés par personne...

Bien entendu, ils sont très traditionalistes dans leur mode d'expression religieuse; ils veulent que ce soit fait comme au temps de leurs parents. Ils apprécieraient certainement Mgr Lefebvre! Alors je fais pour le mieux : pas en latin, quand même, mais tout ce qu'il faut. Et c'est la même chose pour le baptême de leurs enfants. Et, à chaque fois, tous les copains, toute l'équipe, toute la communauté est là avec eux.

X

ÉDUCATEUR ET PRÊTRE

Il me semble que les gars nous considèrent surtout comme des personnes humaines qui vivent avec d'autres personnes humaines. Ce n'est pas d'abord le rapport éducateurs/éduqués qui joue. Nous sommes avant tout ceux qui écoutent. Et les premiers hommes et femmes qu'ils rencontrent vraiment, avec qui ils puissent discuter librement et tout dire.

Je dis « nous » parce que notre équipe permanente comprend trois hommes et une femme : Véronique, Hubert, Eddy et moi. Nous travaillons avec douze autres éducateurs, salariés comme nous par une association laïque de prévention, fondée il y a quinze ans. Nous sommes des « éducateurs spécialisés » et nous nous sentons très solidaires des autres membres de la profession.

Nous nous occupons de cent cinquante jeunes, cent trente gars et vingt filles. C'est la capacité maximum. De ceux-là nous connaissons bien les racines, parce que nous avons une histoire (et des histoires!) commune. Ce n'est pas un boulot de passage. C'est pourquoi nous sommes salariés à plein temps; nous avions essayé de trouver des mi-temps dans des travaux durs et proches des gars, mais ça s'est révélé impossible : on ne peut pas faire les deux à la fois. Cette présence demande une disponibilité très grande. En revanche, des bénévoles, Bernadette et Michel viennent nous donner un coup de main, pour un camp ou dans le quartier pendant un temps.

Le principal travail consiste à faire la rue, à traîner inlassablement avec ces jeunes qui traînent, pour les apprivoiser et se laisser apprivoiser. Faire la rue, les rues, le tour des rues, des bars, des coins chauds où ils s'assemblent, vivre avec eux. Une rue de chez nous, c'est la fameuse rue Edouard-Pailleron, celle du C.E.S. qui a brûlé en quelques minutes, le 6 février 1973. Deux élèves y avaient mis le feu à neuf heures du soir. Elèves de classe de transition, parqués dans un coin de l'école, ils en avaient marre... Ils sont passés devant le juge. Mais les vrais responsables, on a eu bien du mal à les mettre en cause : ceux qui ont construit ce C.E.S. avec des matières tellement inflammables qu'il a brûlé en quatre minutes ! Ça me fait penser à la banque que j'ai visitée, il y a quelque temps. Le directeur me disait : « Vous savez, monsieur l'abbé, l'argent ici est bien placé, tout est ignifugé ! » Rassurez-vous, je ne venais pas pour y placer mon oseille, mais enfin tout de même... Les banques sont ignifugées, les écoles non ! Le fric est ininflammable, les élèves oui ! Voilà qui juge une société.

« Et le prêtre là-dedans ? », me demande-t-on souvent.

C'est, je crois, la pire manière de poser la question. Il ne faut pas se demander : « Qui suis-je, qui sommes-nous, chrétiens ou prêtres, perdus dans cette ville géante au milieu des jeunes de la rue ? », mais : « Qui sont-ils, eux ? Que vivent-ils, quelles sont leurs aspirations, que nous font-ils découvrir ? »

86

A quatre-vingts pour cent, ils ne sont pas baptisés. La moitié est d'origine musulmane. L'immense majorité est athée. Dieu est absolument hors de leurs préoccupations : « Ça ne peut pas exister ! — Un Dieu qui vous aime, c'est de la rigolade ! — Ton bon Dieu de père, m'en parle jamais; moi mon père m'a abandonné, tu comprends !... » Oh ! oui, je comprends, et la rue nous l'apprend chaque jour : tant qu'un homme n'a pas vraiment été aimé dans sa vie, d'un amour vrai, gratuit, Dieu ne peut pas être connu.

« Est-ce que tu fais l'amour ? » C'est toujours par cette question que les gars abordent mon sacerdoce : pour eux, il est inconcevable qu'un homme n'ait pas de rapports sexuels. Je leur réponds que l'Église m'a imposé le célibat et que je l'ai accepté. Ils poussent leurs questions jusqu'aux limites de ma patience, je rétorque alors : « Toi, si le saut de lapin et la voltige russe ne te sont pas inconnus, moi je vis autrement; je respecte ce que tu vis, je te demande d'en faire autant pour moi. » Et je coupe court. Il n'est pas rare qu'un gars nouvellement arrivé me pose la question devant un ancien, et c'est l'ancien qui répond : « Il est trois heures du matin, Guy est en train d'écouter tes emmerdes. S'il a choisi de vivre comme ça, c'est pour toi, mon pote, et pour des tas d'autres. Alors, laisse tomber ! » Je pense que mon célibat n'est jamais mieux défendu que par les autres, ceux pour qui et au milieu desquels il est vécu. C'est vraiment un appel dans un autre appel, celui du sacerdoce, et je pense qu'il est urgent de les dissocier l'un de l'autre; cela redonnera au célibat librement choisi la valeur inestimable qu'il a toujours eue dans l'Église.

J'ai remarqué que les jeunes de la rue sont très sensibles au témoignage de fidélité vécue. Face aux manques affectifs graves qu'ils ont connus presque tous, ils cherchent autour d'eux des gens qui s'aiment, qui n'ont pas peur d'avoir tout misé sur la fidélité à une parole donnée. Un soir, en rentrant d'une journée harassante, j'entendis brutalement cette réflexion d'un gars : « Comme tu as de la chance d'avoir pu balancer ta vie au service de quelqu'un. » Ce quelqu'un dont il ne pouvait pas donner le nom, mais qu'il pressentait à travers le don d'une vie.

Pour ma part, je me sens prêtre dans l'Eglise. Je vois bien tout ce qu'il y a à changer, je comprends que certains veuillent le faire de l'extérieur, moi j'ai choisi de le faire à l'intérieur. Je fais partie d'une équipe sacerdotale avec laquelle je m'entends bien (bien mieux que lorsque j'habitais avec eux et que les mecs venaient ébranler les portes à trois heures du matin !). Je suis délégué au « conseil presbytéral ». Je tiens beaucoup à maintenir mon lien avec l'évêque : chaque Jeudi saint, je vais à Notre-Dame de Paris pour sentir et exprimer physiquement cette union. Le soir avant de dormir, je lis un bout de bréviaire : il y a dès psaumes merveilleux, et puis c'est ma façon de retrouver l'Eglise tout entière. Mais je refuse absolument de servir d'alibi à la bonne conscience chrétienne vis-à-vis des jeunes délinquants. A Brest, récemment, une religieuse m'a félicité : « Mon père, c'est fantastique ce que vous faites avec ces jeunes ! » Je lui ai dit : « Tu dis des conneries ! Je fais un boulot, honnêtement; je ne veux pas être le spécialiste qu'on admire ».

En tout cas, pour les gars, l'Eglise c'est simple : c'est d'abord des troncs à piller. Et là je dois dire qu'ils ont une drôle de façon d'apprécier la crise de l'Eglise : pour eux, c'est le fait qu'il y a de moins en moins d'argent dans les troncs. D'où cette réflexion d'un mec : « La dernière fois que j'ai fait le tronc de saint Joseph, il y avait vingt

centimes! Vraiment l'Eglise est mal barrée... »
Pour eux, l'Eglise c'est essentiellement les curés
et les bonnes sœurs. Et puis il n'y a pas de
problème : l'Eglise est riche et elle est du côté des
riches. La preuve, c'est que les curés leur donnent
toujours du fric : je connais un gars qui, pendant
un an, se faisait environ quinze cents francs par
mois rien qu'en visitant les presbytères. C'est
d'ailleurs la pire des choses à faire : l'aumône
incite à la mendicité, elle l'encourage, elle
enfonce davantage les mecs. L'Evangile parle de
partage, pas d'aumône.

Quand je prêche dans une église, il y a souvent
des gars qui viennent m'écouter. Leurs réactions
sont du genre : « On ne voit jamais de mecs paumés dans une église! » Ils partent toujours après
le sermon : « Le reste, c'est pas du français! »
(C'en est, mais d'un genre très spécial, pas le langage de tout le monde...) Et, fréquemment, cette
remarque : « Les gens nous regardent comme des
bêtes féroces. »

Un dimanche, l'un d'eux s'assied à côté d'une
dame, qui se précipite aussitôt sur son sac et le
serre contre elle : « T'en fais pas, la vieille, je ne
suis pas venu pour te piquer ton oseille, mais
pour écouter mon pote le curé! » Et la grand-
mère, se ravisant, réussit, au moment du baiser
de paix, à tendre la main au gars, ahuri de voir
une main tendue après une telle entrée en
matière.

Au début, quand j'avais prêché, j'acceptais que
les gens me donnent de l'argent après la messe.
Mais, un jour, alors que je bavardais dehors avec
des gens, un gars s'approche et me dit : « Est-ce
que les gens n'ont pas fini de te peloter les
fesses? » J'ai compris ce qu'il voulait dire : c'est
pas pour nous que ces gens te filent du fric, c'est
pour toi, pour tes « bonnes œuvres » qu'ils te

89

glissent des billets dans tes poches. Maintenant, je refuse d'être le coffre-fort de la bonne conscience, je n'accepte plus d'argent lié à la parole de Dieu.

A plusieurs reprises, j'ai eu l'occasion de faire l'eucharistie, au cours d'une sortie de week-end. Je pensais qu'il valait mieux célébrer le Seigneur dans une pièce quelconque, plutôt que de voir les mecs rappliquer à l'église du village, où ils auraient semé la panique. Dans ces cas-là, ils viennent me rejoindre autour de la table et je crois qu'ils ont une véritable attitude de prière. Un vrai silence, d'abord; puis, au moment de l'évangile, des commentaires particulièrement fleuris, qui fusent spontanément à propos de Marie Madeleine ou du Bon Samaritain. Après une de ces « messes », l'un d'eux disait à un copain, au moment où j'arrivais : « Après ça, je me sens neuf, tout neuf. » Je n'oublierai jamais l'intraduisible accent de vérité de celui qui m'apprenait, ce jour-là, combien les « petits » savaient...

Seuls, en effet, ceux qui partagent effectivement dans la vie savent d'instinct ce qu'est l'eucharistie : un partage d'amour. Combien de fois ai-je entendu l'un ou l'autre, qui vivent comme des parias dans notre société, noyé lui-même dans sa propre détresse, me dire : « Guy, occupe-toi de celui-là, il est plus paumé que moi... » Seuls les pauvres partagent vraiment. Seuls ils pourront un jour accéder à une véritable eucharistie.

Quant à nous, les nantis de la terre, nous avons accaparé le message du Christ et nous le consommons en le dénaturant, heureux et tranquilles face aux affamés de justice et d'amour qui restent à la porte.

Prêtre au milieu d'eux, avec eux, prêtre sauvage sans communauté chrétienne, mais envoyé par

90

l'Eglise, agissant en son nom et en union avec elle, homme de la contradiction, totalement jeté dans le combat social et politique, sachant me mouiller quand il le faut, prêtre pour un peuple qui n'en attend pas, je veux être, avec mes coéquipiers, témoin de la justice et de l'amour. Avec tous les hommes de bonne volonté qui ont compris que ces jeunes, que nous avons rejetés, ont besoin, pour vivre debout et libres, d'un véritable regard de frère. C'est ça pour moi, en plein cœur de l'Eglise, vivre mon sacerdoce.

XI

MORT ET RÉSURRECTION

L'ODEUR était insupportable, dès l'entrée de l'immeuble. Le corps était en putréfaction. Jean-Claude s'était suicidé d'une balle dans la tête, six jours auparavant. Je constatais, atterré, que l'on avait forcé la famille à vivre dans son H.L.M. autour de la chambre du fils suicidé. C'était, paraît-il, pour les besoins de l'autopsie. Elle n'a pas été faite, seulement un examen très rapide. Autour du corps, il y a eu la valse des policiers, des médecins légistes et des pompes funèbres...

J'étais arrivé trop tard, les loups m'avaient devancé. Ils avaient fait briller, devant ces gens très pauvres, la rutilance de leur commerce de mort : cercueil doré, tenture noire dehors, etc. Les sept mille francs que ça leur a coûté les endetteront longtemps.

Le père avait demandé aux policiers d'emmener le corps à l'hôpital pour l'autopsie : « Ne le touchez pas. Laissez-le tel quel », ont-ils répondu. « C'est peut-être vous qui l'avez tué ! » a même dit un des flics au père qui insistait.

Pourquoi se seraient-ils gênés ? Jean-Claude avait fait quatre ans de prison. Son suicide était précisément la suite logique d'une incarcération qu'il n'avait jamais pu supporter. Par-delà la mort, l'intention était claire : mépriser un corps mort et à travers lui une famille que ce suicide laissait anéantie, sans défense.

Si vous voulez savoir jusqu'où peut aller ce mépris, assistez donc un jour à une audience de « flagrants délits »! Vous serez édifié. On juge au galop un peuple défait, sale, humilié par la garde à vue et la nuit au dépôt. Beaucoup d'étrangers. On ne les écoute pas. Ils ne trouvent pas de mots pour se défendre. Parfois le président du tribunal pose si vite les questions qu'ils ne les comprennent pas bien et ne peuvent y répondre. L'un d'entre eux, un Noir, après le verdict, commence à bredouiller. « Enfin, dit le président, vous savez parler, mais c'est trop tard! » Le pauvre gars avait simplement dit : « Je ne sais pas bien le français... » Le président, d'un geste, le fait emmener par les gardes.

J'ai été saisi de honte, parfois, à l'issue de certaines audiences. Celle, notamment, où, dans un palais de justice, devant un gars de dix-sept ans manifestement drogué en prison avant l'audience, une femme procureur osa dire : « Vous êtes un minable. Votre père était alcoolique et votre mère prostituée. Vous ne faites que des casses minables. Je demande le maximum. » Elle l'a obtenu. Le pauvre gars n'a pas semblé choqué. Je suis sûr qu'il était convaincu de ce qu'elle disait. Elle ne pouvait lui enlever l'espérance qui ne l'habitait plus depuis longtemps. Il n'était rien à ses propres yeux, elle le lui confirmait. J'ai pensé que cette femme était un monstre indigne du métier qu'elle exerçait.

L'avocat est souvent de pure forme. Commis d'office, il ne sait rien ou presque de celui qu'il va défendre. Il peut toujours parler de l'enfance malheureuse de son client : elle l'a été, presque toujours. Des causes de sa délinquance : elles sont si évidentes ! Tellement que le tribunal en prend l'habitude et n'en tient pas compte. La machine implacable avance, entraînant avec elle l'application de la loi, sans imagination et sans cœur.

La plupart du temps, les gars sont jugés en fonction de leur passé. Ils appellent ça « être noir », avoir été déjà condamné. Ça pèse très lourd au tribunal. Souvent, le président brandit ostensiblement le lourd dossier, comme pour en écraser plus sûrement l'inculpé... Ils savent alors qu'on les enfermera dans leurs échecs, sans issue possible. Mais là, nous pouvons intervenir. Parfois même ouvrir pour eux une porte. Celle de l'espoir.

Au cours du procès d'un gars, j'avais été cité par son avocate comme témoin de moralité. Le président avait, d'un geste ample, souligné l'épaisseur du dossier, en le soulevant quelques instants. Puis il s'était lancé dans la longue évocation des délits antérieurs. Le jugement s'annonçait sévère. Arrive mon tour : « Monsieur le président, vous avez oublié l'année 1972... » Le président ne comprend pas, je précise : « C'est l'année où il y a un vide dans votre dossier. Cette année-là, Michel est parti en Provence reconstruire une vieille ruine. Il a travaillé un an d'arrache-pied, il était très aimé du village, où il a tissé de nombreux liens. C'est pour lui l'année de l'espérance, l'année où il a su qu'il pouvait s'en sortir, avoir confiance en lui, mesurer sa force avec d'autres pour construire. Il est malheureusement retombé en revenant à Paris. Mais il veut revenir là-bas. Nous l'attendons pour l'aider à repartir. » Le tribunal a misé sur l'espérance possible. Il a refusé de ne juger que sur le passé.

Richard tournait comme un fauve. Quand il m'a vu, il a bondi de joie. Le gardien m'a enfermé dans la cage avec lui. J'étais venu au tribunal pour le défendre. L'audience était suspendue : il venait de sauter à la gorge du président... Dès mon arrivée, celui-ci m'a prié d'aller au cachot voir Richard. Il m'avait fait remettre un mot : « Un garçon au comportement imprévisible. Prière de laisser entrer M. Gilbert pour un entretien de durée illimitée avec le prisonnier. » Je suis resté enfermé quatre heures avec lui dans les sous-sols du palais de justice. On a longuement discuté, fumé, et ce fut, à nouveau, l'audience. La bête fauve n'était pas devenue mouton, mais Richard avait un comportement tout autre : dans cette jungle, il avait reconnu un visage. Il y eut, ma foi, une espèce de dialogue presque agréable avec la cour. J'avais amené avec moi la possibilité de faire partir le gars dans une auberge où un couple faisait du miel... Le verdict, équitable, se termina par ces mots du président : « Eh bien, Richard, dès votre sortie de prison, dans trois semaines, partez là-bas et ramenez-moi un pot de miel... » Le gars s'en est sorti. Je ne sais pas s'il a rapporté le pot de miel au président. Mais j'ai su, ce jour-là, ce que pouvait être la justice. Richard était sauvé. Mais les autres, tous les autres qui n'ont personne pour les défendre ?

A Noël dernier, un jeune de la rue me demandait de lui expliquer cette fête qui arrivait : « La crèche et tout, qu'est-ce que c'est ? » J'ai essayé de lui faire comprendre : « La Sainte Vierge, c'était, si tu veux, une romanichelle, une manouche; elle passait dans les rues et tout le monde la rejetait. Elle n'en pouvait plus, elle est allée coucher dans une crèche, une étable pour les animaux, le seul endroit où on ne l'a pas jetée dehors. Son fils Jésus est né là. Pour nous, chrétiens, c'est le fils de Dieu. » S'étonnant qu'un personnage si important puisse naître ainsi, il insistait. Je précisai : « Pour naître comme le dernier, Jésus voulait ressembler au dernier des hommes, pour dire à tous ceux qui sont rejetés qu'il était d'abord leur frère. » Quelques instants il réfléchit, puis d'un seul coup : « Alors, vous nous avez volé Noël ! »

Noël 71 : Rachid.

Un corps déchiqueté sur le ballast. Un corps pris pour un tas de chiffons égaré sur la voie par les conducteurs des puissantes locomotives de la ligne Paris-Strasbourg... Le corps de Rachid, quinze ans. Il s'est jeté du rapide, sans témoins, sans bruit.

Parce que, à quinze ans, il avait déjà fait huit centres d'éducation surveillée. Parce que, à treize ans et demi, il avait été en prison, et la centrale de Loos, dans le Nord, n'est pas renommée pour sa tendresse. Parce que, à trois ans, sa mère française est partie du foyer, sans jamais plus donner de nouvelles. Parce que son père, algérien, a été expulsé de France depuis des années... Pauvre petite chose perdue au milieu des rails.

Et pourtant, dans les courées de Roubaix, personne n'a oublié le sourire malicieux et tendre, le rire clair. Je l'entends encore au téléphone, huit jours avant, me disant qu'il en avait marre d'entendre : « Fous le camp dans ton pays ! Ta place n'est pas ici ! » Il voulait revoir son père en Algérie, avec son frère Djaoud. Il voulait tellement qu'il s'est sauvé du centre où il se trouvait, en Moselle, pour rejoindre son frère à Roubaix. De là il était parti pour Paris, pour me retrouver, sans me prévenir. Il avait glissé mon adresse dans une boîte d'allumettes. Il a été trouvé, la nuit, tout près de chez moi, par la brigade des mineurs. Panier à salade, interrogatoires. Un éducateur est venu le chercher. Il le ramenait en Moselle. Rachid a attendu une centaine de kilomètres, a demandé à aller aux toilettes et n'est pas revenu... On l'a cherché un peu dans les compartiments, on a bien vu la portière ouverte sur la voie, mais on ne s'est pas alarmé outre mesure... C'est ce paquet de chiffons sur le ballast que finalement on a retrouvé...

Le visage de Rachid est apparu alors dessiné pour l'éternité. Plus de petits yeux bridés au-dessus du rire clair. Plus de regards mystérieux et secrets. Un visage. Reconnaissable encore. Un visage qu'on ne pourra jamais plus nommer « bicot » ou « bougnoule ». Un corps mutilé où n'apparaissait plus la marque du coup de ceinture reçu dernièrement. Mais un enfant sans père ni mère, doit-on l'écouter quand il dit qu'on l'a frappé ? Rachid, Rachid, on ne te dira plus : « Fous le camp ! Ta place n'est pas ici ! » Tu as choisi, à quinze ans, ta vraie place, celle où sont accueillis les pauvres selon le cœur de Dieu.

Les deux frères et la vieille tante ont été avertis brutalement, sans aucun ménagement : « Rachid est mort. C'est un accident. » Et, sans demander l'avis de la famille, des messieurs importants avaient déjà organisé les obsèques : « Le corps, venant de Château-Thierry, arrivera place Chaptal, face au cimetière, mercredi, à Roubaix. »

Naturellement, aucun journal, aucune radio n'a fait le moindre écho à cette mort anonyme. Pas une ligne, pas un mot. Il a fallu que j'aille voir personnellement un journaliste d'un quotidien du Nord, pour qu'un article paraisse. Une fois de plus, je me rendais compte de l'abîme qui sépare ceux qui n'ont rien et ceux qui ont tout : d'un côté, la solitude, l'impossibilité de se faire entendre, d'être reconnu comme personne humaine ; de l'autre, tous les moyens pour s'imposer, faire taire, se donner raison.

A la messe d'enterrement, devant les pauvres des courées de Roubaix et devant ceux qui tiennent dans leurs mains le sort des gosses comme Rachid, j'ai lu les Béatitudes.

XII

GANGSTER ET VAGABOND

A trois heures, chaque matin, je vais poster le courrier, avec, sur mes talons, Gangster et Vagabond, mes deux chiens.

Et à dix heures pile, la journée commence. Chaque matin a un visage différent. Des gars arrivent à la permanence où m'ont rejoint mes coéquipiers, Hubert, Eddy et Véronique. Ils viennent d'abord pour chercher du travail : de huit heures à douze heures, tous les jours sauf lundi, on épluche le marché du travail de *France-Soir*. Mais surtout, on discute, car au fond, c'est d'abord pour cela qu'ils viennent. Comme la plupart ont dormi dehors, dans des caves ou auprès des radiateurs d'immeubles proches, un café bien chaud n'est pas superflu; chacun vante le confort de sa chambre de fortune, et ils disent un peu de leur vie : la peur du jugement qui approche, l'angoisse d'une mésentente familiale, l'exclusion du foyer...

Ils attendent qu'on soit des « oreilles », qu'on les écoute. Il est rarement utile d'intervenir. On sent l'importance pour eux de cette pièce exiguë où ils peuvent tout dire devant nous, témoins attentifs, discrets et solides. Mais il ne suffit pas d'écouter, il faudra partir de leurs appels pour créer, avec eux, en fonction de leurs possibilités. La recherche d'un boulot (qui sera le plus pénible et le plus mal payé, à cause de leur handicap culturel et scolaire) est au fond une occasion d'établir un premier contact qui, renouvelé, permettra d'aller plus loin.

Vers quatorze heures, un petit restaurant arabe nous accueille. L'équipe se retrouve là. Souvent aussi des gars fraîchement sortis de prison, d'autres mecs du quartier, et encore quelques amis de passage. C'est un point fixe où on peut nous retrouver : nous pensons que ce peuple de la rue a besoin d'une présence fidèle et que nous n'avons pas à nous éparpiller partout.

L'après-midi, Eddy, Véronique, Hubert et moi nous partageons les tâches : prendre contact avec un employeur à la demande d'un gars; ou bien : « Viens avec moi, je dois aller voir mon juge, mais j'ai la trouille ! » (aller avec un gars au palais de justice n'est pas toujours lui rendre service; il faut qu'il apprenne à se débrouiller sans nous; mais parfois l'urgence ou la gravité du cas nous poussent à l'accompagner); visiter avec un mec l'appartement qu'il veut prendre avec des copains, ça c'est urgent et toujours utile, car c'est le premier pas vers l'émancipation et la remise sur pieds. Il y a aussi la visite des prisonniers : quarante gars de l'équipe sont actuellement en prison. A la permanence, sur un tableau bien en vue, les gars mettent l'adresse de leur copain. Ils écrivent souvent, se cotisent parfois pour envoyer un mandat. Contact important pour les taulards. On part souvent pour la visite avec le camion; bien entendu, n'ayant pas le droit de visite, les mecs restent dehors, mais ils sont à quelques mètres du mur et le gars à l'intérieur le sait... Leurs ressources, leurs peines et leurs joies ont été mises trop souvent en commun entre eux dans la rue pour que des barreaux détruisent la fidélité et la loyauté à toute épreuve qui les lient.

« Tu sais, je passe tous les matins devant le 46;
je sais que tu dors, mais ça me fait du bien avant
de partir au boulot... » Cette réflexion d'un gars
qui se détournait tous les matins d'un bon kilo-
mètre pour passer devant chez moi en Mobylette
symbolise bien ce que peut signifier, pour eux,
une présence. Oh! je ne suis pas le saint sacre-
ment, mais, depuis six ans, je vis au 46, rue
Riquet. Une piaule minuscule, huit mètres carrés,
un matelas par terre, une table, des murs tapissés
de livres et de dossiers. J'avais d'abord pensé
prendre un studio loin du lieu de travail, pour
m'y reposer et dormir. Mais l'Eglise possède
assez de résidences secondaires collectives, en
banlieue, pour pouvoir y trouver calme et repos.
Et puis, surtout, il m'est apparu que l'engagement
des jeunes de la rue est trop grand pour que le
nôtre soit partiel. Il n'est certainement pas donné
à tout le monde de vivre ainsi; on ne peut cependant approcher ce peuple qu'en vivant en plein
cœur de ce qu'il vit. Et je connais un certain nombre d'éducateurs de rue, de toute idéologie, qui
vivent la même chose. Ce qui reste capital, c'est
de décrocher de temps à autre pour garder un
bon équilibre, ce qui, dans le métier, est le premier impératif. Car cette façon de vivre est évi-
demment astreignante. J'héberge souvent deux
ou trois gars complètement paumés, au bord d'un
casse ou en fuite de quelque centre. Le temps de
trouver une solution, il faut les garder quelques
nùits. Une vie commune s'est instaurée, avec ses
règles non écrites, exigeante et riche. Ça m'a valu,
entre autres choses, de désinfecter plusieurs fois
par an l'appartement... et d'attraper deux fois la
gale. Ça sentirait bon, l'Eglise, si nos évêques
attrapaient la gale plus souvent...

Revenons aux chiens. Ils font partie de l'équipe. Vabagond, un rase-mottes bâtardé, intelligent et vif, a quatre ans. Gangster, un an, superbe Leonberg de quatre-vingts kilos, a un poil roux de fauve et la vivacité d'un éléphant en retraite. Très affectueux, ils vivent tous deux chez moi. Quand un gars arrive à la permanence, le visage tiré, les yeux vides, las d'avoir traîné partout, et qu'il voit que je suis occupé, il va s'asseoir dans un coin : il y a toujours Vagabond qui l'attend, se laisse caresser, se couche à ses pieds. Mine de rien, le gars n'oubliera pas ce premier accueil. Je dis souvent que j'ai des chiens « évangéliques », leur priorité va d'instinct vers celui qui a besoin d'affection.

De plus, bien dressés et attrayants, ils font l'admiration du quartier et sont, en ce sens, des public relations étonnants. Une dame qui passait devant moi depuis plus de deux ans sans me regarder m'a adressé la parole pour la première fois quand elle a vu Gangster. J'ai répondu à ses questions sur la race du chien, etc., non sans ajouter : « Vous ne m'avez adressé la parole que pour m'interroger au sujet de mon chien; je ne suis que la crotte de mon clébard... » A croire que notre civilisation donne au chien le pas sur l'homme.

Mais quand je vois leurs deux museaux collés plus longtemps que d'habitude sur le bord de la fenêtre, je sais que l'air que je respire moi aussi (ma fenêtre donne sur cinq rues à la fois) a besoin d'être oxygéné. Je prends mon sac à dos et je pars chez les moines d'Avon. Je marche, je cours pendant des heures dans cette magnifique forêt de Fontainebleau, avec Vagabond furetant dans les taillis et Gangster à trois centimètres de mes talons. Dans une petite cellule, la même depuis sept ans, je peux dormir, lire et écrire.

J'ai hâte, surtout, de rencontrer plus intimement quelqu'un qui ne me quitte pas : Jésus-Christ.

XIII

JEANNOT

La première fois que je l'ai vu, c'est entre deux poubelles. Sa réflexion à leur sujet était caractéristique de ce qu'il vivait à la maison : « Elles, au moins, elles ferment leur gueule ! » Allusion aux hurlements quotidiens qui président à ce qui lui restait de famille.

Avec ses quatre frères, il discutait un jour devant moi de quel sperme ils étaient issus... Effectivement, les six beaux-pères successifs de la maison leur ont posé, ce jour-là, de délicats problèmes, qu'ils essayaient de résoudre à partir des traits de chacun. Après d'innombrables palabres, ils en furent une fois de plus pour leurs frais...

Jeannot a poussé sur le bitume, au hasard des rues, véritable poulbot de carte postale. Avec, en surplus, un véritable désastre affectif insondable. Le juge, qui le voyait à tout instant, amené par deux inspecteurs accablés, me l'avait confié. Aucun éducateur n'osait tenter de ramasser les morceaux. Quatre tentatives de suicide, dont deux non bidon, m'éclairèrent sur les difficultés de recoller ces morceaux épars, bribes d'une vie déchirée, lambeaux d'un enfant écorché.

Jeannot ne restait jamais plus de quelques heures au même endroit. Impossible de le suivre dans le métro, où il avait élu domicile. Très vite, il sut que les gens avaient de l'argent sur eux. Après pas mal d'essais, il devint très habile : les victimes ne sentaient même pas que leur portefeuille foutait le camp... Il fut pris, pourtant, plusieurs fois. Plusieurs peines mineures ne lui avaient laissé aucune trace; six mois à Fleury l'ont anéanti : un essai de pendaison, les veines ouvertes, quarante cachets absorbés, tout cela coup sur coup... Enfin il essaya de travailler. Durant ce temps, je le suivais pas à pas : à la sortie du boulot, je le sentais tendu, l'œil hagard, dépressif, il calculait sur un bout de papier ses heures de travail.

Et puis, un jour, il arrive à la permanence, magnifiquement vêtu et tout joyeux : en allant au boulot, il avait repéré un portefeuille très garni, il n'avait pas pu résister. Inutile de retourner au travail : en un instant, il avait touché sa paie d'un mois ! « J'ai retrouvé la main ! » criait-il partout...

Depuis, il se fait un million d'anciens francs par mois, « nets d'impôts », disait-il un jour. « De toute façon, j'ai choisi. Si je me fais prendre, je paierai ce qu'il faudra. Mais je ne peux plus reculer. La seule différence avec un bourgeois, c'est que je ne thésaurise pas, je dépense tout tout de suite, avec les copains... » La cellule, qu'il retrouve de temps en temps, est pour lui la retraite d'un anachorète : il lit beaucoup, écrit des poèmes, s'installe le plus confortablement possible. Il passe d'une vie de grand luxe à l'existence monacale d'un ermite. Il s'y complaît, à part quelques rares moments de dépression, qu'une visite, quelques cartes postales font passer. Restent pour lui l'amitié, la confiance que je lui témoigne.

Elles lui sont indispensables, mais ne font en rien changer le cours qu'il a choisi pour sa vie.

Mais dans quelle mesure a-t-il choisi sa vie ? Aucune chance au départ, sans cesse sollicité par l'attirance de l'argent qui miroite partout, presque aucune scolarité, parfaitement inapte à tout travail, quelle « chance » lui a-t-on donnée ? S'il était une exception, il n'y aurait pas lieu de s'alarmer... Malheureusement, beaucoup de jeunes que je connais vont sur la même pente. Et nous ne pouvons rien y changer, tant que l'argent apparaîtra comme la valeur suprême, le sommet de tout, la seule chose qu'il importe d'acquérir et au plus vite !

Jeannot, comme tous les autres jeunes que je rencontre, est la preuve vivante que notre société est malade. C'est pourquoi ils ont beaucoup à nous apprendre. « Qu'est-ce que je peux faire pour vos petits gars ? » me demande-t-on souvent. Et on me propose tout de suite de l'argent... C'est une façon d'évacuer le problème, de fermer les yeux et les oreilles devant la délinquance et tout ce qu'elle signifie.

Parce que la délinquance est d'abord une réaction saine : c'est un refus, une révolte devant le pourrissement de notre société. Ce n'est pas le bon moyen pour la transformer, d'accord, mais c'est peut-être plus courageux que d'accepter passivement, et plus honnête que de chercher le profit maximum par les procédés « légaux »...

J'entends souvent dire que les délinquants seraient des médiocres, des mous, incapables de résister à leurs « mauvais penchants » et aux tentations de la « vie facile »... Rien n'est plus faux. Elevés au contact de ce que notre société a de plus barbare, ils en refusent l'inhumanité profonde. Leur violence, on l'a vu, est d'abord l'écho en eux des violences inouïes qu'ils subissent. Mais

ils sont, j'espère l'avoir assez montré, d'une géné-
rosité et d'une liberté incroyables. Leur refus de
nos modes de vie « normaux » représente une
force révolutionnaire extraordinaire. C'est pourquoi il est scandaleux de se contenter de les répri-
mer. A moins que ce ne soit dans la logique d'un
système politique qui cherche avant tout à préser-
ver le désordre établi.

ANNEXE

QUELQUES LETTRES DE PRISONNIERS

Naturellement, nous avons modifié tous les indices qui permettraient d'identifier les auteurs, notamment leur prénom; mais nous avons respecté la grammaire et l'orthographe originales.

(Sorti de prison depuis trois jours, y repart le quatrième.)

Le Dédé qui n'a plus rien à perdre qui espérés [espérais], mais qui a trouvé toutes les portes fermées devant lui. une seule chose pour moi « Lutter ! pour mes Frères qui souffrent en Prison ! leur donner ma vie pour éclairer celle des ignorants ! des ingrats ! »
Je suis né pour souffrir alors à quoi bon me faire du soucis. Je hais la société, les Bourgeois, les naïfs de la haute qui ne vivent que pour leur Argent !

Dédé.

Très cher Guy,

... Je suis dans une période où j'ai le cafard cela arrive je ne peux plus rien supporter, aussi j'ai demandé de rester seule en cellule car je ne m'entend avec personne, alors pour éviter les bagarres j'aime mieux être seul !

... Tu vois, ici avec qui tu veux que j'ai une conversation valable ! il n'y a personne [...]. Enfin ! que veux-tu tu vois en t'écrivant je m'échappe un peu de la prison, j'oublie un peu. Je sais très bien quand cette lettre sera finie, je vais me remettre à penser ! c'est normal 2 ans à faire c'est long ! surtout pour ce que j'ai fait, j'aurais eu un meilleur avocat, je serais dehors, au lieu de me défendre, il m'enterre ! je n'ai jamais vu ça...

A chaque fois ici que je vois l'éducateur d'ici je lui demande « Pour mon transfert, vous avez des nouvelles » Réponse « je m'en occupe » et ça depuis presque 5 mois, j'en ai marre je crois que si ça continu je vais entamer une grève de la faim, je sais que ça n'apporteras rien de nouveau mais je m'en fout ! si je crève, au moins je ne fait de soucis à personne comme je n'ai pas de famille, alors il n'y aura personne pour pleurer ! et je crois que pour moi ce seras la plus belle mort; que dans ce sens je pourrait me faire pardonner au Bon dieu, se seras la dette que je devrais payer « mourir en souffrant », et ce seras ma plus belle mort que je pourrais subir, tu vois Guy je sais que je ne devrais pas te dire ça mais tu est mon frère Guy ! et que je ne doit rien te cacher !...

... René ne m'a pas écris et Paulot X... non plus tu sais que du courrier en ce moment me ferait du bien... Peux-tu m'envoyer des cartes postales

118

de Paris je n'en ai aucune dans ma cellule de Paris ! et des photos si tu le veux.

... Bon mon frère je te quitte sur ce point.

Bonjour à Hubert et à tout le monde au « 46 ».

Salut, ton frère

A bientôt de te lire !

(Du même que précédemment, une autre fois.)

Mon Frère,

Te faisant parvenir cette lettre pour te faire savoir ma position, tu vois Guy j'en ai certainement pour un bout de temps d'après le juge je vais prendre un minimum de 4 ans car c'est trop grave et ça fait la 7e fois que je tombe, tu sais je crois que je l'ai cherché ! je sais quand on ai venu faire la perquisition je t'ai fait beaucoup de peine, et cela je m'en veux car tu faisait tout pour me sauver, Guy si tu pouvais me trouver un avocat et tu viendrais aussi le jour du jugement pour parler un peu de moi car je crois que tu est le seul qui me connaissent bien, à fond !

Guy peux-tu m'envoyer des timbres et les photos qu'on à prise à Roubaix avec Mahdi, celà me ferait plaisir, en même temps glisse moi son adresse que je lui écrive, je sais, celà va lui faire aussi de la peine.

Pour Bernard, je crois qu'il va bien s'en sortir, car je l'ai déchargé j'ai tout pris sur mon dos, il faut bien que l'un de nous sorte de prison, en tout cas ce ne seras pas moi, le juge m'a dit que Bernard n'avait presque rien fait, quoique Bernard m'a un peu enfoncé mais je lui en veux pas ! il ne savait pas ! Bon mon frère je te laisse a Bientôt de te lire !

119

Bonjour à Hubert, Eddie, Pierrot, Black.

Cher Guy,

Je t'écrit ces quelques mots pour te demander de tes nouvelles, qui je pense doivent être bonne pour toi, quand a moi je ne pourais pas en dire autant cat j'ai pris 9 ans et 6 mois, mais j'ai déjà eu 3 ans de confustioner [confusion de peines] sur 4 ce qui me reste 7 ans a quelque chose près. enfin comme tu voie je ne suis pas encore sorti de cette galère et croi moi j'en es drolement plein le dos surtout lorsque tu na rien et que tout le monde te laisse tombé même ma femme et mes enfants. je me trouve dans une situation déplorable Ha! comme je déteste la société, cette société qui nous juge sans même éseillé de comprendre. pour tout te dire j'en es marre, que j'en deviens lache, lache de la vie? Vue que j'ai eu dans ma jeunesse une éducation Crétienne, je n'en reviens pas de penser que j'ai pu en arrivé là.

enfin Guy, j'espère que tu me comprendra mais tout ce que je peut te dire, c'est que c'est moi qui suis entrein de juger la justice de l'Homme. quand pense tu toi de tout ça tu croi pas que j'ai raison?

enfin j'ai toujours ta photo que tu ma envoyer et de temps en temps je la regarde et ça me remonte un peu le moral de voir qu'il y a encore des gents qui vive dehord.

enfin je te quitte en te serant une amical poignée de main, donne le bonjours a tout le monde et a bientôt de vos nouvelles.

Louis.

(De D..., le frère de Rachid.)

Guy,
Je vient juste de recevoir ta lettre et je m'empresse de te répondre [...]. Ecoute si tu veux venir me voir, vient alors n'importe quel jour de la semaine sauf le dimanche. les heures sont d'une heure à cinq heure et ne dure qu'une demie heure, mais tu peux t'arranger pour rester un peut plus longtemps. Je suis très content que mon frère soit à la ferme, car je crois que paris était un peut pourris pour lui, surtout qu'il a un grand côté campagnard et ses bestioles je crois que ce n'est pas à paris qu'il aurait pu les élever, quoi qu'il faut qu'il voye un peut son Avenir, ne te dis t-il rien la dessus, enfin du moins ce qu'il voudrait faire plus tard, car se n'est pas à élever des piafs qu'il fera quelque chose, et j'espère qu'il a abandonner le mec qui l'entraîner à faire des conneries !

J'ai reçu ton mandat je te remerçi beaucoup ainsi que les mecs, pour moi et bien sa va, sa pourrait aller mieux mais que veux tu les conneries sa ce paye hein ! J'ai 22 ans Maintenant et je m'apperçois que les Années file à une vitesse incroyable. je me demande parfois quesque je fou sur terre ! et je me dis que si je suis là c'est pour une chose que je comprendrais peut être par la suite. ou alors il faut que je change vite, car celui qui ma donner la vie risque de la reprendre et vite, mais se ne sont que mes propres pensées, et s'il fallait suivre ses pensées on n'en sortirais plus. Bref je vois maintenant quel gars j'étais à 18 ans, et quel pouvait être tes pensées à peut près pour moi. Je devais vraiment t'en faire voir de toutes les couleurs, je le reconnais. Souvent je parle de toi avec le gars qui est avec moi en cellule, la chance que je n'ai pas su prendre etc.

que veux tu Guy j'ai été trop gaté par ma grand mère étant jeune, et je pense que c'est ça qui ma un peut pourris j'avais trop de liberter, et c'est rester graver, disons que vis à vis de toi j'étais un gosse qui ne voulait faire qas sa tête, car personne ne ma dresser, j'ai pris moi même le chemin du parasite sans le vouloir, mais je m'en apperçois aujourd'hui d'ailleur quand je voyais mon frère bouder, je me revoyais moi, plus jeune. Mais il ne prendra pas le chemin que j'ai pris, du moins je l'espère de tout cœur. Je crois réellement dur comme fer que si j'avais eu des parents comme tous le monde, c'est à dire des parents qui savent élever des gosses normalement je ne seurais pas ainsi, et mon frère Rachid ne serait pas où il est en ce moment. tu c'est Guy, il y a des moments ou je hais aussi bien ma mère que mon père. et pourtant je serais incapable de leur faire des reproches. Voilà je vais terminer ma bafouille et te laisser là.

écris moi vite. aller tchao

ton frère, D...

Guy,

André m'a dit que tu étais un gars consciencieux et humain faisant tout son possible pour aider un gars à remonter la pente. Je l'ai cru sur parole et c'est pour cela que [je] t'écris.

Actuellement, je suis à X..., incarcéré pour vols. Je n'ai de contact avec personne j'ai l'horrible impression d'être seul et abandonné la vie m'apparaît comme un immense gouffre je n'en puis plus j'ai envie de me foutre en l'air et plus rien en ce bas monde n'a plus de signification pour moi. J'ai besoin d'aide et de compréhension vois-tu je suis toxicomane l'incarcération est pour moi quelque chose d'insupportable et je développe en ce moment une terrible angoisse suicidaire qui m'inhibe et me détruit progressivement.

... Ce dont j'ai le plus besoin c'est d'être soutenu, d'avoir un réel contact humain ce qui est impossible dans le béton froid de X... Tout y est réglé avec une froide précision mécanique on n'oublie rien sauf bien sûr le principal le respect de l'homme en tant que tel.

... Nous vivions à cinq dans une chambrette meublée de 12 m² mes parents bossaient tout le temps et quand ils étaient là ils s'engueulaient ne se rendant pas compte que cela traumatisait leurs gosses. Bien sûr ce n'était pas de leur faute. Quand ils sont venus des Antilles après la guerre ils croyaient trouver en la France une terre d'asile, d'accueil [...]. Ils s'aperçurent que les gens étaient racistes, égoïstes, individualistes et qu'ils se cachaient derrière des masques [...]. Ils sombrèrent dans une sorte de colère sourde et impuissante. Nous les gosses nous sentions qu'il nous manquait l'essentiel et ostensiblement [insensiblement] sans même nous en rendre compte nous nous trouvâmes à la rue avec les petits copains. C'était le prélude d'un long processus qui nous conduisit à la taule, à la came et au désespoir.

(Du même, quinze jours après la première lettre.)

Guy,
Ta lettre m'a causé une vive émotion car j'ai eu l'impression d'être compris, alors que les trois quart du temps on se contente de me juger. Ils ne

se rendent pas compte que d'exclure socialement des êtres humains, de les couper de tout contact avec le monde cela provoque des traumatismes graves, quelquefois irréversibles qui ne favorisent en aucune manière la réinsertion sociale ultérieure. Pour mon cas personnel la prison n'a aucun effet positif elle accentue au contraire ma désadaptation. J'ai l'impression de faire une chute verticale sans fin dans un immense gouffre. La vie pour moi devient absurde, sans aucun sens, je n'arrive pas à concevoir l'avenir.

... Sache Guy que ton aide et ton amitié me sont d'un très grand secours. Je te remercie sincèrement.

(Du même, quinze jours plus tard.)

... J'ai envie de m'en sortir, d'émerger de la merde de faire quelque chose de ma vie j'espère que tu comprends ça.

(Jeannot, dont nous avons parlé au chapitre 13, écrit sur une même feuille à trois correspondants.)

Cher Michel,
J'ai très bien reçu ta petite carte qui ma fait un très grand plaisir. J'ai fait 10 jours maintenant. J'en ai marre de cette vie. Je me suis ouvert les veines mais ça ma mené à rien.
... Ahmed m'a écrit mais ça ma déplu sont dessin derrière la lettre « mets toi à la fenêtre et tu bronzeras, passe de bonne vacances a l'OMBRE », parce que c'est la troisième fois que je vais en

taule... C'est quand il aura gouter de la prison et qu'on lui envoye un dessin et des mots de ce genre...

... Je suis en cellule à trois. tous les soirs on me donne des médicaments *valium* 10 et *théralène* goutte. je crois que ma gueule a changé.

un mot pour Ahmed

Cher Ahmed,
Je te remercie de ta carte postale... Tu sais que je suis pas content que tu m'es fait se dessin « mets toi à la fenêtre et tu bronzeras, passe de bone vacances à l'ombre ». Parce que quand tu gouterara a la taule comme on dit, tu sera complètement transformer et tu sera un autre personnage. LA HAINE tu comprend. aller je te quitte.

un mot pour Guy

Cher Guy,
J'ai vu Breton au troisième. j'espère que tu va bien, moi je perd toute mon INSTRUTION
aller Guy

Jeannot.

TABLE

« Composition réalisée en ordinateur par IOTA »

IMPRIMÉ EN FRANCE PAR BRODARD ET TAUPIN
7, bd Romain-Rolland - Montrouge - Usine de La Flèche.
LIBRAIRIE GÉNÉRALE FRANÇAISE - 14, rue de l'Ancienne-Comédie - Paris.

ISBN : 2 - 253 - 03386 - 3   ◈ 30/5888/0